K INK INK INK INK INK INK IN
INK INK INK INK INK INK INK
K INK INK INK INK INK INK IN
INK INK INK INK INK INK INK
K INK INK INK INK INK INK IN
INK INK INK INK INK INK INK
K INK INK INK INK INK INK IN
INK INK INK INK INK INK INK
K INK INK INK INK INK INK IN
INK INK INK INK INK INK INK
K INK INK INK INK INK INK IN
INK INK INK INK INK INK INK
K INK INK INK INK INK INK IN
INK INK INK INK INK INK INK
K INK INK INK INK INK INK IN
INK INK INK INK INK INK INK
K INK INK INK INK INK INK IN
INK INK INK INK INK INK INK
K INK INK INK INK INK INK IN
INK INK INK INK INK INK INK
K INK INK INK INK INK INK IN
INK INK INK INK INK INK INK
K INK INK INK INK INK INK IN
INK INK INK INK INK INK INK
K INK INK INK INK INK INK IN
INK INK INK INK INK INK INK
K INK INK INK INK INK INK IN

INK

文學叢書

027

美麗新世紀

前現代．現代．後現代

廖咸浩◎著

目次

輯三．現代性陰影下的情慾

輯四．在權力的迷城

【自序】誰不怕現代性

有很長的一段時間，我很心悅誠服的相信著這樣一個說法：傳統是落伍的、現代是進步的。雖然在感情上，你仍有猶豫。

這種說法來自我們的教育。雖然，我們的教育也在某些場合應景的使用過復興中華文化之類的修辭，但那只是修辭，並不是一種眞正的精神分裂；我們只要環顧我們的身邊即可了然，對西化知識分子（其實在我們的教育體制下，我們「早就已經」（always already）都是西化知識分子）而言，傳統文化並不討人喜歡。多數知識分子念茲在茲的更是「啓蒙」；現代性那乾爽的理性之光，終究是要穿透傳統文化的潮濕與黑暗。較爲新近的說法則循解構主義的邏輯，強調傳統與現代早已泥中相擁、不分彼我，甚至於，現代就是傳統。

前一種看法，毫無疑問的是西方殖民現代性的觀點，早已不足爲訓。但後者也未免天眞，把現代性君臨天下的過程，視爲自然發生、理所當然，而忘記了這個「泥中相擁」過程是一個「權力」碰撞的過程。

然而，經此權力碰撞之後，傳統文化的氣數難道就盡於此了嗎？現代性文化已經完成了君臨天下的壯志嗎？是什麼原因讓我們的社會對傳統文化有這樣的輕蔑？很簡單，因爲來自西方的殖民現代性的衝擊；從一百多年前到現在，始終讓人不得安寧。又何以致此？因爲現代性被視爲一種無法抗拒的命運，而其中的「殖民」或「帝國主義」的意義則被輕易的忽略了。掀起殖民或帝國主義的蛛網，以重新評估傳統文化的當代意義，並不是一種感情的衝動，更不是民族主義的褊狹，而是要重建文化的活力。那麼首要之務當然是要針對反傳統心態，擒其三寸。那就必須從反省現代性開始，以徹底驅除那個現代性所植入的心魔。

前現代在一般的思考裡即等同於落伍、迷信、黑暗，現代性則讓人撥雲見霧、向上提升。但這樣的粗糙的對比，經後現代理論對現代性進行了大規模鞭闢入裡的省視後，理應有所改變。然而，後現代思潮在西方崛起忽忽已逾二十年，前現代文化反似日趨頹敗，現代性的價值卻益加如日中天，而後現代思潮的積極面則漸有淪爲現代性的花絮之虞。在西方尚且有此態勢，在非西方（尤其是第三世界）地區現代與傳統的消長更令人無法卒睹。以台灣爲例，整個社會對現代性的崇拜，有增無減。近年來對「國際接軌」的狹隘理解（其表徵包括對羅馬拼音系統的爭論及英語法定語言化等現象）所造成的一現代性焦慮，甚至已達一種歇斯底里的狀態。而這種歇斯底里症的另一面當然是對前現代傳統文化進一步的忽略與貶抑。

西方對前現代文化有所躊躇，起因於對右翼復活之顧慮，情有可原，甚至良有以也。但在非西方社會，前現代的傳統文化卻有著更多正面的意義。傳統文化的「再創發」（re-invent），不但可以緩解負面全球化所造成的同質化走向，更能積極的與後現代思維聯結，以爲現代性種種弊端（法西斯、生態問題、過度資本主義化等）提供另類視野。在全球文化戰略的思考中，更是介入全球文化、維持全球文化生態平衡的重要楨桿。

因此，從全球化的角度，重新思考傳統與現代及後現代的關係，此其時矣。

於台大外文系

輯一

回顧世紀末

世紀末與世界末日

歲末談世紀末，彷彿兩者都有著流光將盡、天啓將出的情調。實則，前者與季節有關，或較容易產生共鳴：窮冬既至，生命剝盡將復的期待難免油然而生。然而世紀末的龐大感傷與憧憬，除了季節有所暗示之外，卻還必須要先接受基督教的種種基本信念，尤其是環繞著啓示錄、千禧年、彌賽亞等觀念的時間與歷史觀，否則一百年或一千年不過就是一個平常的歲除罷了。一旦接受了基督教，那麼世界末日的說法就得兌現，眞信者得永生的千禧年也終將來到。但世界末日雖不可避免，末日卻未必須要與世紀末共時。

歷來對世界末日曾有過無數的預測，但多與世紀末無關。依《聖經》的文本看來，最有資格成爲世界末日的世紀末是西元一千年結束時分，但這段時期出人意外的在平淡中度過，此後的世界末日就更不需要在世紀末了。兩者之所以再度重疊始於十八世紀末，盛於十九世紀末。十八世紀科學的發展開始質疑對《聖經》的歷史性詮釋，但卻弔詭的加強了對《聖經》

的寓言式理解，再加上法國大革命等驚天動地的事件，致使不少時人相信千禧年來臨前的種種跡象正逐一應驗。這次千禧年的預言雖然成空，但源自科學的進步主義與源自宗教的末世期待並未因此分道揚鑣，一直要到十九世紀中葉之後，科學千禧年的思維才逐漸爲反中產階級的思維所取代，而形成了與十八世紀全然相反的世紀末思維。十九世紀末由藝術家主導的世紀末風潮，以各種驚世駭俗的行徑，挑戰中產階級的虛僞與庸俗以及啓蒙思潮的偏執與天眞，並以藝術家的深入幽微取代中產階級的理性進步。但同時大戰之山雨欲來則又對藝術家的期待投下陰影。於是，既然對立的藝術家與群眾雙方都視對方爲墮落與腐敗至極，而最終的「神魔大戰」也隱然成形，那麼，世界末日毫無疑問已不可避免。然而大戰不但沒有如預期讓人世脫胎換骨，反而徹底暴露了科技的局限與人性之墮落。戰後迄今加速現代化所留下的各種苦果，如疾病的繁衍、核戰的威脅與生態的破壞等問題，更加速了二十世紀下半宗教與科技影響力在思想界的急速衰頹。後現代思潮的興起正是這種氛圍下的產物。後現代思潮所宣告的各種死亡與結束（作者的死亡、人的終結、歷史的終結、意識形態的終結等），比諸十九世紀尤有過之，堪稱正式結束了啓蒙時代以來的進步論。因此，相當程度而言，對千禧年之類新世紀的期待比起十八、十九世紀也低調甚多。

但歷來愛思考的人總相信自己的時代是最壞的時代，因此即使在沒有基督教的社會，也還是會出現某種剝盡復來的神話，告訴自己當前這個時代其實是最好的時代來臨前的過渡時期，以重建生活的信心。因此，中國人也有自己的〈推背圖〉與西方媲美。只不過中國人聰明的是，雖然也經過精算，卻不似牛頓明說末日在二〇〇〇年初，而只以「天機」二字帶過，以免太明確，少了神祕感，也多了錯誤的可能。

如此，則宗教的力量再低落，天啓的信者仍然可以一再算出不同的末世時刻，並做好與上帝在雲端相聚的準備。對常人而言，世紀之末雖未必形同末日，但也可像過個大年（如中國人的一甲子）一般，可以期望過去種種譬如上世紀／千年之死、未來種種譬如本世紀／千年之生。既然如此，商業，我們當代的眞神，又豈會放過這個天賜的時刻？所以，信後現代者儘管低調世紀末、等飛碟者儘管忽視世紀末，本世紀末卻非得歡欣鼓舞、張燈結綵的度過不可。當然，保持樂觀也是人性本然：預言沒有應驗可以重新計算、飛碟沒有出現可以等下一班；預言可以永遠修改下去，人對於飛碟或其他的救贖也可以永遠等待下去。

預言不死，只是寓言化

預言的源頭

廣義而言，人類早期歷史所留下的文本幾乎都可以視作是預言。因爲這些文本都與巫的文化有密切的關係。兼醫生、心理治療者、哲學家、歷史學家、詩人等於一身的巫師，透過儀式所形成的文本，其目的無一不是爲了協助部落人口度過難關（crisis）。這些難關有定期的（calendrical），也有突發的（critical）。爲定期難關所進行的儀式（如豐年祭）是爲了預言某段時令中民豐物阜、風調雨順，其文本近史詩性質；爲突發難關進行的儀式（如個人的成年禮），則是爲了預言個人平順的成長或發展，其文本以抒情爲主。我們現在讀《詩經》，上述兩者的痕跡都還清楚可見。如「關關雎鳩，在河之洲，窈窕淑女，君子好逑」乍看雖似自發的民歌，但其前身應與巫師協助民眾處理情感問題的文本有關，而「明明在下，赫赫在上。天難忱斯，不易維王……」其前身與定期儀式有關，也應無疑義。

所以，巫祝時代的文本都含有「許願」（wishful thinking）的意味——期望未來能如我所願——故都可視爲「預言」。但許願之中，又有說服敦促（intervention）的意思。換言之，預言自始就是以當下的「言」來介入未來的「行」；而不只是以當下的「言」描述未來的「行」。故巫師文本已是一種改變歷史或形塑歷史的企圖。

在這些文本中，入世性（prophetic）預言及後世特別受到矚目的天啓性（apocalyptic）預言的成分都已存在。只是在循環時間（cyclical time）中，毀滅與再生是被平常心看待的生命情境，與後世對末世的焦慮大不相同。

但部落社會總會遇到衝擊整個社會的重大危機，也就是說，當突發性儀式之需求遠多於季節性儀式之需求時（比如，部落遭外侮的時刻）。危機一旦無法以傳統的儀式處理，線性時間就出現了。而關於國族社會甚至人類、含天啓成分的長程預言，也隨之受到大量的矚目。但這並不意味著以指導當下爲主的入世性預言就消失了。前者在社會形態改變後逐漸個人化，而天啓性預言則主導了長程預言。

當巫師因爲部落兼併而落難之後，學問／知識領域開始分化。「預言」的工作也就分配給了日後文化的各個領域——歷史學、哲學、文學等——預言也隨之世俗化，變成了一種普遍的能力，不必完全借助超自然的力量。而主流文化（如西方體制化之後的基督教，或中國的罷黜百家後的儒學）對怪力亂神之不屑或恐懼，也使得具超自然色彩的預言方式受到打壓。

但人對「眞正」——也就是與超自然結合的——預言的需要，並不會消失。故此類預言的方式仍然流傳不已。在中國，預言文化寄身民間佛道文化或勘輿卜算之學（中國文化中流傳的傳統預言，似多爲學易數者所爲；「易」本爲上古筮書之泛稱，可見與巫的關係）；在官方則有一定的官職提供給這種學問。中國上古時期的政府（如商朝）對巫的依賴眾所週知。但此後的文明形態與制度雖歷經演化，但巫始終以不同的名分（如司天文之官員），扮演一定程度預言或形塑國運的角色。有些朝代（如清朝）因其與部落文化的淵源猶在，甚至宮廷中仍保留相當的原始巫祝文化。

而西方的文化則因爲是以猶太及基督教（Judeo-Christian）爲本的宗教文化，而且其根源就有強烈的「天啓」色彩，因此，始終有部分教徒對預言感到興趣。而民間流傳的異教形式的預言方式，雖曾受到排擠與壓制，但也未嘗禁絕。

國族人類之長程預言

因社群當下所面臨的重大危機，而產生的早期長程預言，最早的例子之一是《以西結書》（*Book of Ezekiel*）。此一文本源自猶太人第一次滅國之後。巴比倫滅猶太人的猶地亞國後，將其國王與人民數千人虜回巴比倫。猶太人原以為滅國離鄉只是暫時的，孰料復國之日遙遙無期，於是在絕望中，強烈的復仇與復興的願望，遂發而為文而成了各種天啓的預言文本。

在強烈危機感下產生的預言，豈會沒有災難的成分？不論是想像的災難，或是經渲染後的實際災難，天啓性預言缺此不能成其為預言。沒有災難就無法顯現出預言的力量。災難所帶來的驚顫（sublime）衝擊，才能展現神力之無邊無際，及神意之不可揣度。

在東方文化中，影響深遠的長程預言之一乃是佛教的末世論。此一思想體系也源自某一實際發生過的佛法淪亡危機。這個在古印度僑賞彌（Kausambi）所發生的教門悲劇經過不斷的流傳轉譯後，最後竟變成了一套極度悲觀的末世論。但人的心理是不可能長期處於這種無出路的悲觀，尤其在佛教傳入不同文化之後，對此所做的修正，更可預期。其改變起初是由過去取向的，漸漸轉化爲未來取向。佛的數目也由只存在於過去的七位，發展成大乘的（多數將在未來出現）的一千位以上。

佛教末世論經中國文化修改後成了東亞佛教的末法論，又是一變。東亞末法論將佛法之運勢分爲正法、相法、末法之三期說。但末法期雖然稱「末」，卻已是永無終結之時。末世其實乃是永恆。

中國早期的傳統文本，如以數術、陰陽、五行等思維方式，比附經書而成的緯書，也曾蓬勃發展。這類預言在亂世的時候，總會四處流傳。在儒家系統中雖曾遭打壓命運，但也始終未曾消聲匿跡。而當前所知的諸多中國預言，雖然眞實寫作年分多不可考，但多數看來亦應起於亂世。這些預言與西方大預言的不同之處在於，西方認爲歷史乃是持續崩壞的過程。而中國雖也有類似歷史觀，但似乎沒有明確的末世之說。此應是因爲中國的紀年本身類似循環的時間觀，規避了線性歷史觀帶來的歷史終結的壓力，故預言也傾向循環時間觀。眞命天子的出世，只是意味著一個朝代的結束，最多只能算是「小末世」，並不及於全人類命運。雖然來自佛教的「明王出世」之類的亂世讖語，有點類似西方的彌賽亞（Messiah）。但到了中國，末日的意義已淡了許多。若眞要堅持中國預言也有末日意味，也斷無末日在二十一世紀的可能（如最廣被流傳的金聖歎批《推背圖》，其中關於二十與二十一世紀之交者，應在四十三與四十四象，其後仍有十六象）。

而且，西方的天啓預言，總是以千禧年的來臨爲終結；中國預言則多傾向於罷筆於人力之不足處，不圖踰越（如呂望〈乾坤萬年歌〉終於「我今只算萬年終，再復循環理無窮，知音君子詳此數，今古存亡一貫通」；金批《推背圖》終於「茫茫天數此中求，世道興衰不自由，萬萬千千說不盡，不如推背歸去休」）。

另外，中國預言由於不具強烈宗教意味，因此基本上著眼於民生與政治。而且乍看比基督教預言更加精準，幾乎都可以將歷史事件對號入座。

說到精準與否，就牽涉到了預言的寫作問題：一是寫作的方式，二是寫作的時空。就基督教預言而言，其實大半的預言，都是假托先賢之名的「僞作」。如《但以理書》（*Book of Daniel*）實乃後人之作，而僞稱作於四百年前。既是後人所作，對過去歷史的描述，當然精準。而中國這些預言，其著作年代尤不可考，故更無法對其「預言」之精準，輕予讚歎。看預言是否精準，就得往前看，才是衡量的準繩。

但往前看，馬上牽涉到的就是「詮釋」的問題。也就是說，我們面對的其實是「文學作品」。由此看來，文學與預言分道揚鑣雖久矣，但又始終互相勾連。

文學與預言

預言以意象婉轉暗喻天機，故本質上都是文學的。之所以如此，主要原因之一在於，在文史哲不分的年代，一切文本本來就是以後世所謂的「文學」的面貌出現。文化開始分工之後，儀式之外，就數文學保存了最多儀式（即處理危機的機制）意味，故源出巫祝儀式的預言也多喜歡採用文學的型式。因此，預言既容許想像空間，更需要詮釋。

然則，預言迷人與惱人之處便在於，其文學氣息（託寄於比喻之辭）濃厚的文本詮釋空間極具彈性。而且即使預言平鋪直述，還是可以採取將直述文字「假托化」的詮釋方式。如此一來，預言的詮釋往往言人人殊，且多半牽強附會得令人不忍卒睹。而其謎樣的語言，又不改其若有所指的意味，著實讓熱中此道者著急。

另一方面，文學不以預言自居，偶一爲之，其呈現出的「預言」能力還更勝一籌。此中原因，除了文學的想像力以外，文學對「人」的理解，比一般預言中所呈現的更具說服力。這與創作及閱讀兩者的態度關係密切。純粹預言的創作雖是受到當下危機的激發，但因危機過於嚴重，往往不得不把目標放在未來。文學作品則即使處理未來的題材，其微言大義者乃是現下的議題。讀純粹預言與讀文學預言的態度也不一樣。讀前者時總想對人世的眞相探個究竟。讀後者，則未必要獲得實用的眞理。看文學多半針對現在，看預言則傾向極目未來。

西方的文學自古受到天啓或預言的影響。從斯賓塞的《仙后》、米爾頓的《失樂園》、到浪漫主義的詩人等等，都納入了一定程度的天啓思考。但自行創造預言品牌的作品，就屬湯瑪士。摩耳所著的《烏托邦》（*Utopia*）最早了。本書是因爲作者對當時歐洲社會政治極度不滿，才會形成的想像。並且開啓了西方文學日後關於烏有之邦的預言傳統，其中包括了培根的《新亞特藍提斯》、史威夫特的《格列佛遊記》等。近代的科幻文本也深其影響，並且還發展出了「反烏托邦」（dystopia）的創作傳統。如知名的《一九八四》、《美麗新世界》等，對未來都有極爲敏銳而精確，但令人沉重的描繪。

二次戰後，核彈的威力、資本主義的深化，及二千年世紀末的情緒，使得「反烏托邦」的創作傳統，加上了更濃的天啓意味。歐美的關於預言核子大戰及資本主義全面宰制的小說及影視作品皆屬此類（如《引力虹》、《終結者》、《銀翼殺手》、《異形》皆是）。包含科幻在內的後現代寫作傳統，又有另一層文學預言的含意，因爲其作品對後現代社會中多重世界可能性的探討，激進的重新界定了人與世界的關係（從波赫士的短篇到卡爾維諾的《看不見的城市》皆有此類視域）。

閱讀與詮釋文學預言，因爲有眼前世界之痕跡可循，相對而言較爲容易。但詮釋純粹預言則迥然不同。誠然，如果有豐富的文學想像能力與精細的邏輯推理能力，應能改善一般預言詮釋的牽強附會。但預言終究是無解的，除非歷史已然發生，否則如何驗證？

那麼，我們應該如何看待預言呢？

如何看待預言？

預言與人生有一個奇妙而弔詭的關係：如果預言是眞的，那麼，實際生活將如何與之配合？尤其若是眾所週知預言，則眾人的生活是否要集體做大規模的調整？比如，從後見之明的角度來看，《推背圖》早已言明日本投降的年份（金批《推背圖》第三十九象謂：「一朝聽得金雞叫，大海沉沉日已過」，顯見日本當在雞年勢竭，實則雞年何其多！），那麼我們是否可以不戰而勝？還是得奮戰到底？這恐怕也就是那個亙古的問題罷：命運（predestination）與自由意志（free will）之間到底是何干係？

但對於預言過度執著，尤其是強以眼前的現實與之對應時，小則個人虛擲青春（如牛頓窮半生精力研究基督教的文本與歷史，尤其著力於兩部天啓文本，並算出世界末日應在十九世紀末或二十世紀初），大則可能造成各種不必要的秩序變動，甚至傷及無辜（比如，在十七世紀時，相信末日即將來到的歐洲知識分子，竟然到處遊說各個政府，爲末日的來到做準備，其中包括主動促成《啓世錄》中的各種荒謬的徵兆，包括敦促猶太人改信基督教）。而易受天啓文本鼓舞的民間弱勢團體的反抗運動，則往往又因拘泥於文本，而難逃失敗的命運（如宗教改革時期聲勢浩大的「農民起義」（Peasants' War），就因爲誤信（用）預言，而如義和團般躁進，終致改革運動以十萬人犧牲的悲劇收場）。

當預言普遍被相信時，也可能使整個社會受到催眠或制約，而致視災難爲不可避免之天意，甚至於是「有益（受害者）身心」（如二次大戰期間猶太人遭納粹屠殺，許多歐美人士無動於衷的理由便是，《聖經》有謂，在千禧年來到前，猶太人必將死難三分之二；猶太人不經此試煉，無法重返上帝懷抱）。有時這種普遍化的信仰，更能使預言一語成讖（self-fulfilling）（如馬雅預言中所謂「白人之神」將重履彼地之說，便是因爲眾人知之甚詳，而讓白人在征服中南美時，勢如破竹、占盡方便）。

天啓式預言因爲帶著明白的神旨，又有強烈的顛覆性，因此既能鼓舞弱勢，也能助紂爲虐；能喚起革命熱忱，也能強化偏見。故古來民間起義，多假托天啓（如上文提及西方「農民起義」，或「再浸禮教」運動（Anabaptist movement）；中國自黃巾之亂以迄太平天國）。而強勢力量遂行宰制，也善於利用天啓。後者固應明辨其詭辭，但前者若過於執著，也終必煙消雲散——而且，幾無例外。

故讀預言不能不愼。預言本就是一種弔詭的現象，既突出人類的局限，又認爲有人能超越此一局限。因此，我們的態度也務必從這此一弔詭出發：人的潛能雖是無限的，但完全擺脫社會規模的「蔽障」卻無可能；故而每個「巫師」雖可能或多或少預見未來，卻不可能有全知的「人」。因此，預言才是「介入」人生，而人生才有輸贏、才有起伏。人生容或有許多已被預知，卻仍有更多的未知。幸而如此，人才能繼續勇敢的生活。

預言究竟應該如何對待呢？既然是如此文學化的文本，無如取法聖．奧古斯汀（St. Augustine）在《上帝之城》一書中所言，以文學的方式——也就是寓言（allegorical）的方式——來閱讀：如此，神魔之大戰就隨時隨地都在巴比倫與耶路撒冷之間進行著；末世將至又永不會來到，反能鼓舞福音的積極傳播。那麼，千禧年時的眞如福地究竟何時何地可得？「因爲虔誠想望，吾人早在其中。」（By pining, we're already there.）——聖．奧古斯汀如是說。

尋父之悲情與弒父之必要

——世紀末台灣的父／權

在我上學期的「電影與文化研究」的課上，我簡單的介紹了拉崗的理論給主要是來自外系的選修生。期末考有一題解釋名詞是：Name of the Father（一般的翻譯是「父之名」）。但出乎我意料之外的是，學生多數都先把它翻成「以父之名」再行翻譯。顯然他們是受到了那部同名電影的錯誤影響。然而，歪打卻也正著。「父之名」其實就只是「以父之名」。那個大寫的父，本來就不存在。

世紀末時分的台灣父親，在夜暗的街頭踽踽獨行。女性主義者已把他所有的權利都剝除殆盡，讓他不再懂得婚姻的意義、不再記得幸福的滋味、不再認識自己的家門。如今他一無所有，有家也歸不得，只好向黑夜訴說他的悲哀——太煽情了點，但相信這是一部分男性所恐懼的世紀末啓世錄光景。但多數的男性則是有恃無恐——看你能奈我何？（而後者的判斷顯然更接近事實。）兩者共同的認知則是，世紀末時分，女性（主義）主導的弑父風潮已掩及全島。

弑父並不是件新鮮事。人類自有史以來，象徵層面的弑父的行爲堪稱無一日無之。個人的成長必須要經過弑父的程序。甚至說人類的文明是建立在弑父的原罪上，也是常見的理論。然則，歷來的弑父其目的始終一貫：爲了尋找新的父。以是父父相生，從此地到天邊。人類的文明因此可逕稱爲（弑）父的文明。直到這個世紀。直到女性主義出現。

大半男性在這個新起的弑父風潮中，想必都有極大的不滿與焦慮，甚至悲涼。他也許會問：女人到底怎麼樣才能滿足。事實上，女性從來也沒有滿足過，雖然她的處境的確不斷在改善。而她的不滿足能說出口已經是最近的事了。以前她不滿，但不能直說；後來她終於能直說了，但也有許久說不出她眞正想說的。比如她會覺得「父／男性」應該這樣、應該那樣，否則就不是父／男人。（他常被問道：你還是不是男人？）這諸般要求又多是互相矛盾的：他應該穩重，又必須幽默；他要能賺錢，又得顧家；他要拚命工作，又要非常浪漫；他要老實，又要飽經人世。當然，她既要受寵愛，又要受尊重，更是不可或缺的基本原則。

女性開口之後，男人開始有點不知所措。但在男人尚未把這些矛盾的要求搞清楚的時候，誰知道女人又有了新的名堂——女性主義。她突然告訴他，不要白費心思了，那些其實都不是我要的：我要平等。

其實，女性對男性的矛盾要求，來自於對父權論述太認眞的緣故。父權論述（或任何論述）對其論述內的各個角色都有完美的（也就是自相矛盾的）要求。既然如此，當然沒有任何活人能塡滿這樣的論述位置。不滿也因此油然而生。

既然問題出在論述，無庸多說，同樣深陷在父權體制中的男性對女性的要求當然也一樣的矛盾而嚴苛。如此才會有男人與女人的長期抗戰——在論述的操控下，聞激起武。女性主義的論著對此已多所著墨，在此無需贅述。唯一需要強調的是，男性所分配到的位置，相對而言比較有揮灑的空間。而且，更重要的是，男性的論述位置常被悄悄的絕對化，以致來自這個位置的（表現與）發言，常就變成了不能挑戰的律法（Law）。比如說男性對女性的平權要求常如是回應：要平等？男女生而有別，各司其職，這不就是平等嗎？你看看其他動物，公母各司其職，不都過得好好的？要求齊頭平等，到時候男不男、女不女，必導致家不家、國不國，天下豈不大亂？

把「論述的位置」變成「生物（人性）的必然」，我們便被鎖死在論述的位置上，不得動彈。在女性不能說的時候，男性也許還有太平（其實是滿可憐的）日子可以過。一旦女性能說了，角色對她們的強制性就不可能如往日般持續下去。

男女「平等」從這個角度看來，就不只是「男人能，女人也要能」的問題。而是能否「擅離崗位」，也就是離開論述位置的問題。換言之，女性是否有權利選擇其他的論述位置，甚至選擇脫離父權論述？這裡牽涉到的仍然是弒父的問題，但弒父行爲的性質已經根本的改變。女性主義直指父權體制的根本，是要把父權體制長久以來哄騙世人的迷思公諸於世。因此，女性主義對父權體制所進行的弒父行爲，不再如過往是爲了更新父權體制，而是要讓父權的傳統就此腰斬。用通俗點的話說，以前是兒子弒父，現在是女兒弒父，而且弒父不是要變成父，而是要終結父。以前弒父是爲了成爲「男人」，早期女性主義弒父則是爲了成爲「女人」。

然而，男女平權的烏托邦似乎仍遙不可及。主要原因當然是男性未能及時跟上。但部分女性對女性主義本質主義式的理解，也是不宜避諱的原因之一。女性若不能理解到自己也陷身於父權體制的架構中，一顰一笑都受到其建構，就難免自以爲可以站在父權體制之外，以純粹受難／害者的身分來對抗壓迫者。那麼，本質主義的副作用不免紛紛出現。要不就是把父權體制的便宜仍抓住不放，再補上女性主義的平權要求（先生的薪水應該用來養家，因爲男人應該負起養家的責任；太太的薪水則屬老婆，因爲她應該有獨立的財務）；要不乾脆採行分離主義（我不要男人）。佛洛伊德說過，男人有女人活不下去，沒有女人更活不下去——他顯然沒有料到還有這一天。

男性面對這樣一種歇斯底里的弒父企圖時，他是不應也不能走回頭路的。他首先應該痛切的了解到，自己過去常常與壓迫者（父權體制）站在同一個位置上。因此，今天的痛苦不是來自別人的構陷，而是自己糊塗太久。其次，他更要迎頭趕上，他必須與女性一起，甚至幫助女性體認到一個事實，那就是，在一個壓迫性的體制中，任何一個人都是共犯，無一例外。而且，壓迫者與被壓迫者之間的關係是互涉（mutually implicating）交雜（hybridized）的。因爲，論述位置已經預設了對其他位置的承認。如此，被壓迫者已是壓迫者，而壓迫者也已是被壓迫者；大家都是論述塑造的產物。能從這個性質切入，檢討父權體制的壓迫性，男女關係的僵局才有可能改善。

這就是性別研究興起的關鍵。性別研究特別強調性別（角色）的符號學（semiotic）本質。也就是說，性別是論述的產物，而不是生物的必然。既然如此，則性別的角色就沒有生物性的悲情與霸氣，不必陷溺男女有別的二分困境。而且，各種變異也就是自然，而且值得鼓勵的現象，一方面，沒有任何人能完全塡滿論述的位置。另一方面，性別角色刻意的模糊與流動，更能使父權論述的權威露出破綻，而加速鬆動。

所以，性別研究是更進一步的弒父。它把「父」這個東西更明確的定位在我們心中。它是一種布希亞所謂「擬態先行」（precession of simulacra）的操控者，讓天下好男好女，無一倖免的依其設定劇本生活。所以排除父權對各種制度的干預固然是當務之急，從心中進行徹底弒父才是釜底抽薪之計。相對於「成爲男人」與「成爲女人」，這樣的弒父目的已經接近了「成爲人」。

然而，如果性別研究無法把事情的本末爬梳清楚，僅把終極目標放在打倒當前與性別有關的父權體制上，那麼，就算打倒了這個父權體制，解放的程度仍有局限。因爲，新的「父權體制」仍會不斷出現。怎麼說呢？

其一，當前父權體制的根本問題「在權不在父」，也就是說，不在父權體制本身，而在其論述的本質。論述是無所不在的：我們離開一個論述，隨即會進入另一個。完全離開論述是不可能的；可能的是改變對論述的態度。當我們對論述太認眞的時候，不管是任何論述，我們勢必會重新將之與「律法」（Law）銜接。這個論述立時就變成了絕對的權威、至高無上的父，新的父權體制遂於焉誕生。若不能看穿這點，父必然弒不勝弒，哈姆雷特的劇本也就可以永續演出了。所以不爲論述所限方是上策。

其二，但即使不對論述太認眞，能消弭的也只是權，不是父。父是無法逃避的需要（與家庭制度無關）。欲望的運作絕無可能擺脫「象徵」（the symbolic）。眞實（the real）與象徵所形成的辯證的關係構成了「踰越」（transgression）與「整編」（incorpporation）不斷交迭進行的存在動力。故三人行必有我父，不管你喜歡不喜歡。因此，父未必要是惡，且可以是善。只要父不與「絕對律法」或「大他者」（Other）連結，他就只是功能，而非權威。也不會形成壓迫性的父權／霸權體制。

台灣在世紀末時分已經進入了磨刀霍霍的新弒父時代，但多數人連傳統的弒父都毫無了解，遑論女性主義與性別研究的弒父。而後者弒父的最終目的應是弒「權」而非弒「父」，也非一般熱中運動者都能明辨。也難怪我們會目睹這樣令人玩味的矛盾現象：一方面女性主義爲主的朋友們弒父之聲不絕於耳，但另一方面，以資產階級爲主的大群蝗蟲般的「無父的孤兒」卻仍失魂落魄的四處尋父。在弒父不及根柢、不能基進的狀況下，我們在世紀末時分不知不覺又爲自己找來一個天上之父的地上使者，以爲出埃及謀，就不是什麼足堪大驚小怪的事了。

上個世紀末，打倒一個共同的父，是爲了尋找一個眞正的共同的父。本世紀末人們不再迷信「一個」「共同的父」，甚至「許多」共同的父。這種孤兒氣氛弔詭的充滿了嘉年華會的歡樂與開放。唯獨台灣卻仍有半個身子依依不捨的沉浸在無父的悲情裡，甚至讓自詡爲父者予取予求，想是所有有志弒父的女性與男性必須深自反省的。

父親節前夕談弒父，絕對不是對父親不敬，反而是要向眞正的父親致敬：他將永遠與我們同在，但他將不再是絕對律法的代理人，那個大寫的父。而是一個眞實的、人性的、小寫的父。願所有已成爲父、將成爲父，或不成爲父（但有時也難免父一下的）的男性，能從歷史的迷霧中，快樂輕鬆的走出來。

綠螞蟻必須繼續作夢

——世紀末、中產階級與現代文學

維納．何索（Werner Herzog）的電影《綠螞蟻作夢的地方》描述澳洲原住民爲保護聖地「綠螞蟻作夢的地方」與白人採礦企業的抗爭。戲中提及許多澳洲原住民的聖地被白人強占，而致有些原住民的重要儀式竟須在超市的角落中進行。這個文化被超市淹沒的夢魘堪稱二十世紀末的最大危機。但危機孰令致之？而迄未受到重視，理由又安在？

答案在上個十九世紀末狂風暴雨中曾一度被提起，卻又在二十世紀的喧囂與嬉鬧中逐漸遭淡忘。

十九世紀末之所以成爲日後文化界甚至一般人生活中，念念不忘的「世紀末」，並不是因爲它只是某一個世紀之末。而是，因爲它有一個重大的文化意義。而且這個世紀末的意義是強烈俗世化（secularized）的，而非如過往西方世紀將盡時，普遍會出現的宗教性焦慮與期待。這個重大的俗世化的意義之所以能夠成形，自然也因爲它有一個俗世化，甚至「世俗化」(mundane)的淵源。簡單的講，上個世紀末（其實也是文化史上唯一的「世紀末」）的文化意義來自它與新興中產階級（習稱布爾喬亞）所爆發的全面衝突。此舉並爲西方文化自十五世紀以來，對新興中產階級的惶惑與不安，做了狂飆式的總結。

問題是，誰怕布爾喬亞？

布爾喬亞現身於文藝復興末期。西方在東西航路的開啓後，城市開始出現，因而出現了市鎮的商人階級。布爾喬亞（bourgeois）這個字，就是「市鎮居民」的法文拼法。商業興起後，俗世力量日漸增強，而使得文藝復興以來重受重視的人本主義精神得以持續發展，而促成了西歐文明中的所謂「啓蒙時代」的來臨。但西方文明的俗世化，也不免帶來了「世俗化」的面向，使得人本主義也異化出了「工具性人本主義」（instrumental humanism）或「人類中心主義」（anthropocentrism）這種認爲人可以主宰，甚至剝削萬物的狂妄想法。

布爾喬亞陸續完成了民族國家與代議式的西歐政治體制之後，更積極承其資本主義的驅力向外擴張，形成西方近代席捲了全球的「現代化」與殖民主義風潮。到了十九世紀布爾喬亞在西方社會的勢力誠可謂如日中天。說西方的十九世紀是布爾喬亞的世紀，絕非誇張。而說世界的二十世紀是「布爾喬亞化」的世紀，也不必猶豫。而後者形成於眾人的不知不覺中，更是對布爾喬亞價值的無堅不摧、無孔不入的最高禮讚。

換言之，布爾喬亞對西方文明而言是兩面刀。其俗世化的力量把宗教愚民式的全面性宰制予以打破，連鄙視布爾喬亞的馬克思都不免加以讚美，「把西方一大部分的人從『村野生活』的愚昧中拯救出來」。但其俗世化的另一面——資本主義化——所造成的「世俗化」或「庸俗化」對西方文明精神層面的破壞，對當時許多西方的知識分子而言，卻也是是可忍孰不可忍？

反布爾喬亞論者固然也有出自守舊與懷舊者，但更常見的是厭憎布爾喬亞價值基柢處的功利取向對西方文明的扭曲。後者在某種意義上可能遠超過布爾喬亞的貢獻。由西方主導的第一及第二次世界大戰，都可以說是西方社會俗世化後，精神匱乏所引起的布爾喬亞文明的戰爭。而資本主義如癌細胞一般不斷增生繁殖，更可以說是布爾喬亞文明的特有的病症。

世紀末的意義就在於，西歐社會的知識分子終於不再甘爲布爾喬亞所役。也不再以零星游擊的方式諷刺挖苦布爾喬亞，而思能予以迎頭痛擊，以畢其功於一役。在世紀末時分，點燃戰火的是頹廢派與布爾喬亞對「自然」的爭奪戰。

十九世紀末時分，西方的科技文明帶了前所未有的生活方式的變動，而海外殖民的順利也使各個的文化與異文化直接遭遇，這種來自各方的衝擊的確造成了某種一切都在傾圮中的情調。但眼淚卻是各人得各人的。當道的布爾喬亞當然深覺其多年努力的成果，似將毀於一旦。而在布爾喬亞價值之下，苦無出路者則覺得這可是難得的時機。於是，布爾喬亞的因應策略是搶救他們所代表的「自然而然」「理所當然」的現實，而反布爾喬亞者則以「不自然」來突出布爾喬亞的「自然」其實甚爲「不自然」，充其量只是被「自然化」（naturalized）了而已。

世紀末的先鋒「頹廢派」便是以布爾喬亞眼中的病態、做作、反其（布爾喬亞）之道而行，讓十九世紀末的布爾喬亞社會感到刺眼無比。換言之，文藝領域爲主的頹廢派是以「不健康」的藝術，來質疑「健康」是什麼。但其中的關鍵字眼還是藝術（包括文學）的「獨立」與否。

「藝術」在西方的歷史上是到了布爾喬亞階級出現後，才逐漸獲得了所謂「獨立」的地位。某種意義上，藝術因此獲得了「尊嚴」，但另一方面，這也是藝術在資本主義體系的分工中開始被邊緣化的開始。頹廢派的企圖若只是單純的想挑釁布爾喬亞，接下來的各種前衛運動便斷然有收復失土的大志。前衛向布爾喬亞要求的「還我生活」，達達之要求從零開始，超現實遙指天際謂「生活在別處」，未來主義勇於走入人群（俄國），或擁抱工業文明（義大利）——各家思維深度或切入點容或不盡相同，但基柢處都是要毅然「告別布爾喬亞」，迎向蒼茫但無邊無際的「生活／生命」。這就是藝術現代性的誕生時刻。也是文學藝術與「革命」、「改革」或「抵抗」開始聯想的時刻。

然而，任何抗拒都未必如想像中容易或片面，尤其對於一種生活方式。前衛要將從生活中異化出來的藝術，在還諸生活時，所面對的是一種已經改變的生活方式，而不僅只是布爾喬亞這個階級敵人。社會革命的難度遠比挑釁布爾喬亞來得高。十九世紀末藝術家所面對的新的生活方式，其中最切身的兩個成分是市場機制與（布爾喬亞）現代性文化（modernity）。早期的「藝術家」——從巫術時代到以王公貴族爲「贊助者」的時代——一直都具有相對穩定的社會地位。但在布爾喬亞的商業社會興起之後，藝術家開始必須面對「市場」，甚至於「只能」面對市場，或面臨淘汰（Face it or be effaced by it.）——藝術家的困境可想而知。市場使得創作者得面對來自「受眾」的強大壓力，但同時創作者對「受眾」——尤其是閱讀者——的想像也因爲市場的機制而開始無限擴大。他必須要悖離市場原則，他所相信的藝術才能誕生；但同時他的唯一受眾卻又似乎是市場本身。

更讓前衛無以爲繼的可能還在於，布爾喬亞社會條件下的藝術家與其環境（主要是城市）的關係似乎遠比前人密切，且糾結不清。於是，十九世紀以來的作家與藝術家在面對布爾喬亞現代性時，都難免繼承了現代藝術家之祖波特來爾的態度，那就是，布爾喬亞現代性是讓人迷亂的（intriguing）。藝術家便如波特來爾所言，有如一個「浪遊者」（flaneur），既厭棄布爾喬亞現代性，又不免爲之目眩神迷。在前衛之後逐漸穩定下來的「藝術的現代性」（artistic modernity）便是這樣的對布爾喬亞現代性若即若離、既恨又有點無來由的牽連。

在這些條件的下，前衛的「再布爾喬亞化」是可以預期的。只是這次大規模運動的挫敗，同時爲二十世紀藝術的實際命運與虛妄自期，設定了基調：從傳統走向個人。

布爾喬亞藝術的出現某種意義上而言，是把藝術從宗教的傳統束縛中解放了。但布爾喬亞社會的世俗束縛又再一次的圈禁了藝術。故西方文化內部也幾次出現集團性的反擊，如浪漫主義、如前衛運動。但二十世紀以來，文學藝術前衛的餘風猶在，但其表達方式多半是個人的，甚至於是「獨白式」的。這種轉變當然是環境使然，但其中的因素，仍以「市場」占大半。市場龐大的假象容易使人誤以爲，進入了市場，就確保了藝術的影響力，甚至以爲在作品中有所「顛覆」行爲，便可爲人生革命。

在這個市場發展成爲主導的過程中，個人地位的陡增與「傳統」的角色衰頹恰成反比。然而，事實上文藝復興初期，（希臘羅馬的古典）傳統才是未來一切的指標：回到古典才能找到未來的方向。但經過啓蒙時代對異國文化的發現，到十九世紀布爾喬亞的宰制局面確立，傳統的價值逐日被現代性取代。布爾喬亞階級最初確是努力想要從掙脫宗教爲主的傳統束縛以找到更多活路，但布爾喬亞商人所專心致志者，唯如何藉著打傳統這個稻草人來增強「個人化」風氣，以擴大商機。

當布爾喬亞自己的「傳統」逐漸建立起來之後，新的改革力量（如浪漫主義與前衛運動）便自然開始衝彼而來。但布爾喬亞的資本主義商品化力量已形成了一個神龍見首不見尾、無人能扣其要害的特質。任何以布爾喬亞「傳統」爲標靶的批判力量，往往都會被四兩撥千斤的導向當地社會的「傳統」：在資本主義體制下，已經病弱無力、殘破不堪的文化遺跡。於是，在許多（主要是第三世界）社會中的文學藝術，到了今天還在對傳統鞭屍不止，殊不知布爾喬亞商業大軍的「傳統」早已在神不知鬼不覺中，再一次更新了它的宰制方式。

布爾喬亞的當代化身是後期資本主義跨國流動的資本，其所掌握的新宰制策略則是將「個人化」再加以深化。在這個時期，西方出現了後現代主義。後現代主義可以視爲全球化時代的新反布爾喬亞力量。其觸發近似前衛運動，也是由於布爾喬亞／資本主義（習用的說法是「啓蒙思維」）把生活過度分工，不但使得文學藝術益加孤立於人群之外，一般的社會正義也因此而無法貫徹。故後現代主義大量的挪用了十九與二十世紀之交的前衛運動的策略，最終的目的也是要將藝術與生活結合。

但既然二十世紀已成了「布爾喬亞化」的世紀，後現代主義也不免爲全球資本主義所限。在浪漫主義或甚至前衛運動的時期，「生活」還可能有「非布爾喬亞的」領域，也就是傳統的、民俗的、社區的。故當時回到生活的竅門是：擺脫布爾喬亞的限制即可。今天則「生活」已完全被布爾喬亞價值淹沒。後現代主義結合藝術與人生的企圖，稍一不慎就變成了讓布爾喬亞的「藝術」向布爾喬亞的「通俗」低頭的結果。後現代主義的「去中心」叛離能量，常在這個關口上被稀釋，並送上旋轉木馬，與布爾喬亞價值同心運轉。

一定程度上後現代主義甚至於可與跨國資本的要求有所呼應。布爾喬亞社會爲了因應「跨國」的新經濟形勢，必須要容納一定的文化多樣性，於是後現代主義的各種策略，如割裂、瑣碎、局部、跨界、流動等各種觀念，都被「個人化」，並輕易成爲時尚。若說現代主義是以邊緣自居，後現代主義就是以瑣碎自詡。瑣碎游擊的批判策略雖有一定的意義，但完全在個人層面運作，其批判能量殊難搖撼布爾喬亞／資本主義。即使在非個人層面上，若過於瑣碎而不搭配宏觀的洞察與策略，「西方形上學傳統」或「父權體制」這類「非歷史性」的布爾喬亞藏鏡人便乘虛而入，把布爾喬亞（及資本主義）這樣一個歷史的問題「非歷史化」，布爾喬亞價值因而益加不沾鍋、益加自然化與隱形化。

但事實上與常識相反的是，後現代主義的眞知灼見反而在於，其對於極端個人主義的反省，其對傳統與社群意義的重新發掘。但這類批判性的局部主義（critical regionalism）卻常在布爾喬亞的虎視眈眈之下難以施展。其批判性隨時都會遭到布爾喬亞加以商品化、個人化，甚至把傳統當做大排檔小吃攤或超市大賣場處理。這中間的重要關鍵是歷史縱深：沒有用歷史把傳統與個人銜接起來，傳統便是零碎的商品材料，而非安身立命的文化空間。

文學藝術不是空中樓閣，故必須要從文化開始；文化若無傳統爲基柢便只有超級市場的多樣，只能消費，沒有生命。從後現代主義批判能量的弱化，我們更充分體會到，對布爾喬亞的革命是永恆的革命。從前衛運動到一百年後的今天，布爾喬亞從外在階級變成了內在價值，文學藝術的形勢益加困頓。文學藝術的睿智雖也沒讓布爾喬亞閒過，但我們若不正視傳統的持續流失，不以（多元的）歷史的縱深重新安頓主體，則文化全面商品化、智慧全面速食化的夢魘終究會噩夢成眞，而綠螞蟻也將無夢可作。

布爾喬亞向前走
——十本小說一百年

西方小說在上世紀末逐漸成熟，進入了所謂現代主義時期。從彼時到本世紀末的一百多年間，小說形式經歷了空前的實驗。論者在眼花撩亂之餘，往往把小說的世界分解得支離破碎；彷彿每一個新的文學運動，都憑空帶來了全新的紀元。實則不然。在新趨勢的底下，仍然有其發展脈絡可循。小說內世界與小說外世界間關係在這一百年間的變與不變，尤其是理解西方小說全貌的關鍵。粗略的說，這個流變的脈絡主要顯現在小說家與「布爾喬亞價值」之間的愛恨糾結。

小說本來就是隨布爾喬亞社會出現的文化形式，不但起源本就可追溯到布爾喬亞社會的特有休閒方式，而且與布爾喬亞的價值息息相關。這一百多年來，西方現代小說的基調之一便是，尋找與布爾喬亞的價值的恰當關係。大體而言，敏銳出色的小說家對布爾喬亞的價值無不採批判的態度。唯不同的批判方式塑造了不同的小說藝術。如此以降，至今方興未艾。

早期的寫實主義小說，看似爲布爾喬亞服務，實則早已對布爾喬亞價值的「自然化」有所警覺，而頻予針刺。《包法利夫人》尤是個中典範。但由於當時小說作者多出身布爾喬亞，對其價值態度難免曖昧間雜。《包法利夫人》的作者福樓拜的名言：「包法利夫人，就是我。」道盡了此中奧妙。

《包法利夫人》從女性情欲入手，寫布爾喬亞的愛情神話。對女主角愛瑪的描述，既有嘲弄譏諷也不時流露同情。愛瑪具有小布爾喬亞的頑愚，但又比一般的布爾喬亞可愛。小說一路無情的戳破了一切布爾喬亞的愛情神話（包括愛情絕對、堅貞、浪漫等等），卻又讓人油然爲愛之無所逃於布爾喬亞之牢籠而悵惘。要了解所謂現代人的愛情，不能不回到這個源頭。

普魯斯特的《追憶似水年華》對布爾喬亞則提供了一個全面的描繪。他以一種延宕舒緩的筆調，細膩的刻畫出當時法國布爾喬亞生活的各個面向。普氏看似中性的企圖，同樣對布爾喬亞嘲弄有加。只不過此處的布爾喬亞是更都市化的布爾喬亞。在抒情的往事追憶過程中，布爾喬亞附庸風雅、邯鄲學步的作態，亦不時令人發噱，並與普氏對過去的強烈鄉愁，形成一種無法拆解的弔詭。本書中的布爾喬亞知識上或許比愛瑪豐富許多，但透過「文本」

來閱讀世界的方式並無二致。

在杜斯妥也夫斯基的《地下室手記》中，出現了一種此後數十年間，薪傳不斷的現代（反）英雄。書中主角相對於前兩書而言，與布爾喬亞社會更爲疏離。對此書主角而言，布爾喬亞的科學唯一與理性至上的思維，直如洪水猛獸般把他逼得走投無路，而不得不自絕於人世。但如此一來，所有的人生也都遭拒於門外，包括愛。這本書的預言雖然刺耳礙眼，但往後數十年，現代小說的主角都不得不對此有所回應。有些試圖另闢蹊徑，有些則更形悲觀。

卡夫卡的《蛻變》（變形）對布爾喬亞社會的抨擊更不寬假，但主角的沉淪亦更無救贖可能。《蛻變》以男角某日醒來竟由人變蟲，寓寫現代人在布爾喬亞社會中被工作倫理操控壓抑而蟲豸不如：不但人的價值由生產能力決定，且一旦能力受到質疑，馬上被「正常社會」棄如敝屣。而可歎者正常社會的意志之執行者，竟是自己的家庭。然則，至親的人倫關係，一變而全然利益取向，毋寧更像今天高度資本主義化的社會？

托瑪斯曼描寫布爾喬亞社會內部的腐敗，恐怕無人能出其右。短小精緻的《威尼斯之死》描寫名作家亞森巴哈在多年唯美但禁欲的生活之後，一日忽然渴望前往威尼斯旅行。而後在該地因迷戀俊美少男而染霍亂死亡。此處個人的生命的偏執簡潔有力的道出了整個社會的弊病。作家不得不然的病變當然揭示了「欲流」（libido）被布爾喬亞工作倫理壓抑多年的後果：欲流終會決堤而出，淹滅所有辛苦建立的秩序。而這個滅頂的預言所指向的便是一次大戰。

同為德國作家的赫塞也在二次戰前，以《徬徨少年時》預言了更大的巨變即將來到。本書以詩般的節奏在神祕主義的氣氛中，悠悠刻畫了成長必須不斷捨棄對布爾喬亞溫情的依賴，以尋找發自內在屬於自己的力量。而最終的試煉與體悟都將來自那全面崩壞布爾喬亞秩序的巨變。

較赫塞對變動尚懷期待的態度，卡繆的《異鄉人》則是經歷大戰後的全面幻滅。書中的男主角在母喪後滴淚未流，還與女友做愛如常，最後並無故殺人。但所有這一切「個人違背倫常」的行為，在主角看來卻都是針對「倫常違背人」的抗議。在存在主義的理解中，活在布爾喬亞社會中直如身在異鄉，無枝可依。沙特更直言其為「沒出口的」迷宮，終必令人窒息。

直到迷宮的可能性被重新理解。波赫士的《迷宮》堪稱迷宮的重構者。這本書充分檢視了布爾喬亞社會賴以運行的基礎：寫實主義的人生觀。寫實主義相信人生的意義孤懸天際，或深藏地底，唯待耐心的、客觀的搜尋挖掘。然而，波氏各個短篇以歧義、衍生、如假似眞等觀念的演練，全盤推翻了布爾喬亞價値的獨斷。在他最知名的短篇〈歧路花園〉中，崔姓中國教授無法參透其先祖的迷宮論著，錯以爲人生的「未來早已決定」，而在眾多歧路中選擇了最令人遺憾的一種「歧路」：爲了納粹政權殺死了專研該論著的知名漢學家。因爲他害怕在歧路中迷路。

然而爲什麼害怕迷路呢？每一個固定的走法所指向的都是專斷的天國，這就是《生命（中）無法承受之輕》所謂的「媚俗」：布爾喬亞的極致表現。「反媚俗」乃是對輕的追求。然而，一旦輕到了極致也會難以承受麼？

擔心一去不回嗎？甚至於沒有人會再記得你？那是布爾喬亞對旅行者的恐嚇。輕若不能承受，並不需要回到布爾喬亞的濁重。你總是會來到另一個城市，你何妨開始對別人說起自己旅行的見聞，如《看不見的城市》中的馬可波羅。這本書是另一種迷宮。用旅行來暗喻意義的產生：生命與意義之間何止多重的欲望與糾纏，一如城市之鏡花水月，卻又再眞實不過。如此，這本書又可以是閱讀的暗喻——我那樣的期待閱讀，想像閱讀，把一生的時間都給了閱讀；我不斷在書海中旅行，流浪，期待，想像。然後，我回來告訴你……然而，這些書眞的存在嗎？它們都是看不見的書。唯有你直接去讀它們，它們才會爲你，也獨獨爲你，而存在。

輯二

重審布爾喬亞現代性

皇帝御旨與萬里長城

——卡夫卡的兩個世界

雖然在時間上，卡夫卡的作家生涯開始已然進入了本世紀初，但他仍是上個世紀末的代表性人物之一。「世紀末」其實是一場革命的開始。從上一個世紀末梢，一直持續到今天仍然方興未艾。革命的焦點在於：生命到底是什麼？在何處？布爾喬亞自稱生命的代表，實則以偏概全、輕忽了大半的眞實生命，才有超現實主義「生命在別處」的呼籲。世紀末風起雲湧的反布爾喬亞浪潮，便是衝著彼所代表的「此處的生命」而來。唯美／頹廢主義選擇以「反自然／生命」的方式突出布爾喬亞所謂的「生命」實乃「假自然／生命」。前衛運動則主張回到「眞自然／生命」。一場「自然／生命」爭奪戰便在上個世紀之交漫燒了起來。那麼，卡夫卡在這場世紀末的龐大風暴中，如何自處？嚴格講，他是最不自覺於此，但也是最自覺於此的作家。對卡夫卡而言，他並不似頹廢論者直接而有意識的以「文本」對「自然／生命」

的疏離，質疑布爾喬亞假「生命」之名，行壓迫之實，也沒有如前衛藝術家般逕自奔向「眞實生命」。而是一再以切身的痛苦，印證與布爾喬亞價值的纏鬥，同時以「文本」尋找「(眼前）生命」以外的出路。

卡夫卡的文學事業的主軸可謂早在幼年就已經底定。敏感纖細的卡夫卡何其湊巧，有位事業成功、個性專斷的父親。兩者間的差異又因爲父親對卡夫卡懷有一廂情願的嚴格期待，而形成無法紓解的緊張。卡夫卡因此自幼就在設法滿足與擺脫陰影之間躊躇不定、痛苦不堪。既然是父親，這層「自然」的血緣關係似乎阻絕了叛離的可能性，但其沉重的壓迫又使他忍不住四處狂奔尋呼吸的窗口。在實際生活中，卡夫卡相當程度而言確也達到了父親的期望（修習法律，成爲保險所高級職員），但嚴肅乏味的工作又構成了另外一種無止境的折磨。這個以父子關係爲中心延伸出來的網絡，遂成了卡夫卡生命中最龐大最深沉的象徵，並且恰好具體而微的呈現了布爾喬亞價值與十九世紀末知識分子之間的愛恨關係。

但比起同時代的其他作家，卡夫卡這種愛恨掙扎尤其接近一種致命的內在衝突：逃離是難上加難，不逃離又痛不欲生。寫作就便成了不折不扣的救贖企圖。無怪乎他說：「我寫作是爲了能活下去。」然而，寫作的救贖意味卻又常被寫作過程中所展現的救贖之不可能所沖淡。卡夫卡早期的一篇短篇故事大綱〈大法之前〉（Before the Law）正是這個僵局的縮影，也預示了卡夫卡未來的寫作方向。故事述說有一個鄉下人想要進入「大法」（the Law）之門，卻在門前被守門人擋駕。不過守門人也告訴他，此刻雖不能進去，稍後也許可以。於是鄉下人便決意在門邊等下去。如此這般經過了無數歲月，鄉下人用盡了各種方法請求賄賂守門人，都遭到拒絕。漸漸的鄉下人開始意識到大去之期已近在眼前，他終於忍不住問守門人：「每個人都想入大法之門，何以這麼多年來，只看到我一個人請求進入？」守門人回答：「其他人不可能經此進入，因爲這扇門是特地爲你而設的。現在我要把它關起來了。」

在此，「大法」是壓迫的來源，也是愛的來源。想要進入大法是爲了獲得愛，爲了結束壓迫。但大法卻如他的父親一樣，拒不打開專門爲他而設的門。但更值得深究的是，大法與「生命」的關係到底如何？在卡夫卡的作品中，大法似乎既是折磨他的現實人生，又是生命眞諦之所在。二者之難以區分，與對人生的愛恨關係正是一體的兩面。

這樣的愛恨關係，形成了卡夫卡創作中各式各樣相互纏繞呼應的母題與象徵。而一切又以「罪」與「罰」，以及對應的「救贖」貫穿。毫無根由的罪過及莫名其妙的懲罰在卡夫卡的作品中俯拾即是。如短篇〈司爐〉、〈老單身漢布倫非爾德〉、〈判決〉、〈鄉村醫生〉、中篇《蛻變》、長篇《亞美利加》、《審判》、《城堡》等故事，都是以無法解釋的指控與懲罰爲故事的主軸。而且罪與罰通常都在開始便已判定，彷彿生命捨罪與罰不能成其爲生命。而主角自然也都拚命試圖了解，此中的「意義」何在？

這種對懲罪與罰的全然惶惑，在卡夫卡的創作中，發展成了兩個重要面向：其一是對於存在本身的困惑，其二是對於自我剖白的耽溺。前者在《審判》與《城堡》中尤為典型。《審判》中的K無故被控有罪，必須出庭受審。K想盡辦法始終無法讓任何眞正掌權力的人出面告之，他到底犯了什麼罪。而《城堡》一書中權力的世界更是明明白白的以一個市井小民無法企及的城堡爲象徵。主角K雖屢屢要了解城堡的旨意，卻終究徒勞。換言之，在兩書中，「大法／權威」一方面自成一個常人無法理解的世界，另一方面又牢牢掌控了生命的「意義」。於是，人若要擁抱生命，就不得不以大法爲尊；但大法之神龍得其首必失其尾，讓人心力交瘁之餘，落得根本無法擁抱生命。

「自我剖白」則是「不解存在」的另一面。自我剖白是一種取得諒解的企圖。在有罪的沉重壓力下，最後的對策就是不斷設法表白，以期當道能全盤掌握他生活中所有的細節與動機，而看出他的無辜。比如，在《審判》一書中，K在無法找到任何權威人士出面之餘，遂決心以此種鉅細靡遺的方式，自剖明志。

然而卡夫卡並不是無時無刻不執著於「意義」的追求。他也有想要與「生命」握手言和的時候。這個傾向一再反映在他與女性的關係中。但這樣的時候，他對「生命」的矛盾未必更少。平凡（布爾喬亞）的生活總是讓溫暖與陰影同時出現在他的想像中。卡夫卡似乎是永無休止的徘徊在想要結婚（可以逃離現狀，但也可能跌入新的陷阱）與不敢結婚（寧在舊陷阱中，不願冒更大的險）之間，無所適從。他曾經與一位名爲菲利絲·包瓦的女性有過一段曲折離奇的情愛關係。卡夫卡對她一見鍾情。之後，便在短短兩週之內如著魔一般密集的書信來往，且在信中對菲利絲急切而毫無保留的剖析自己內心最深處的思緒。然而就在兩週之後，卡夫卡與女性嚴肅交往的模式就浮現了。他開始請求對方減少通信的量，因爲他覺得自己已無法承受如此強烈的情感交流。對於親密關係的態度急遽輪替於「熱切期待」與「嚴重恐懼」的現象，在他倆交往的五年中一再的重複。兩人二度訂婚，終不免緣盡情了，與卡夫卡的游移不定，有直接的關係。

一直到認識他最終的伴侶朵拉之後，卡夫卡終於比較能心平氣和的面對生命；似乎在大法之外，也看到了生命還有其他可能性。但在寫作上，卡夫卡卻始終如一。他雖深知自己之所以不能享受生命的盛筵，正是因爲自己遭到類似被迫害妄想的驅趕，但也只能埋頭向前，繼續以自己的方式寫作。《城堡》的主角K最具體的呈現了卡夫卡的這一面。K之所以要與城堡聯絡，主要是希望能在城堡所統治的村子中留下來。然而，到頭來「與城堡聯絡」卻取代「在村中留下」，成爲K生命的眞正重心。隨著時間的流逝，由於村民逐漸習慣了K的存在，留下其實已經不再是問題，K反倒一步步更陷入了對於「大法」執迷不悟的追求。

短篇小說〈絕食藝術家〉對這種自毀式的追求有更精簡的表白。這位絕食藝術家以表演絕食馳名。他既廣受眾人的歡迎與尊敬，也有擁有少數知心的菁英觀眾。但藝術家無法滿足於此。他覺得他必須繼續追求絕對的完美。於是他開始進行長時間的絕食。但絕食的第四十天，正當他開始覺得即將臻至最完美狀況的時候，卻被關心的觀眾打斷。從此，他與這個世界的關係開始惡化；他因為自己終極的藝術表現被破壞而懊惱不已，但旁人卻認為這是絕食過度所造成的精神異常。在不斷的誤解之中，藝術家的絕食演出愈來愈不以觀眾為對象，觀眾也漸次離他而去。最後有一天，有人發現藝術家已瀕臨死亡邊緣。這時候，他意外的吐露，他其實並不是不喜歡吃東西，而是從未找到自己喜歡吃的東西。

這個故事從另一個角度說明了卡夫卡的困境。他其實對生活／生命有所依戀。但他在布爾喬亞所形塑的生命面貌中，又找不到依戀的明確理由，而終須以藝術家的孤絕姿態面對生命。也就是說，對生活的矛盾情結構成了他做一個藝術家不得不然的內在驅力。藝術的追求是為了引導他走向「在別處的人生」，但他又直覺「人生不在別處」——雖然眼前的生活令人索然，可以不生活，他寧不生活。在〈鄉間婚禮的準備工作〉這個早期的短篇中，男主角畏於處理繁瑣的準備工作，而突發奇想：「我不需要自己去。我只要派我穿了衣服的身體去就可以了。」如此，他只需要對他身體吩咐幾句，讓它去處理這些瑣事，自己就可以高枕無憂的躺在床上，「像一隻甲蟲一般」。到了《蛻變》中，卡夫卡乾脆以變成甲蟲來抗議布爾喬亞生活的冷酷無情。

卡夫卡的一生就在「去」或「不去」？「去」的話要去哪裡、「不去」的話留下是否更好等問題之間反反覆覆、無所適從。但終其一生，「在此處的人生」既難以消受，「在別處的人生」也始終未曾爲他指點一條明路。就如同〈鄉下醫生〉中的醫生一樣，身不由己的出了門，回家的路也從此消失。那麼，卡夫卡是個獨特的悲劇嗎？——〈萬里長城〉因何而起？〈皇帝的御旨〉是否已出了深宮？聰明如你是否知道？

能捨而道成

——從《魔戒》談奇幻文學

奇幻文學的存在某種意義上來說，與人類的歷史一樣久。而且時間愈遠的文學，奇幻成分也愈強。在神話時代，理性對於世界的各種區分尚未成形，男與女、人與獸、天與地、森林與海洋……一切都可以任意變形與流動。一切都可以相互論辯與傾吐。

然而一部人類歷史的演進，就是理性「整理」人生的過程。人的力量在這個過程中顯現無疑，但人的傲慢與無知也自暴而不知。從文藝復興以來人的視野（vision）逐漸縮小，最後定位成以米開朗基羅爲代表的單一視角（perspective）：從此，人必須透過肉眼才能看到世界，而且唯有肉眼看到的世界被視爲眞實。文藝復興雖把人從中世紀的蒙昧中解放，但同時也把人對超越世界的想望加以哲思化。原先中世紀騎士屠龍尋杯的故事，漸漸變成了唐吉訶德式的暗喻，失去了原先的奇幻成分。

奇幻文學在西方興起當然是在生活中的奇幻成分行將消失之際。這是一種因爲「末見鍾情」而產生的不捨。西方搶救奇幻始於批判現代性的浪漫主義，誠然良有以也。雖則浪漫主義在敘述文體方面對理性年代（age of reason）的奇幻反動，僅止於哥昔式文學（Gothic literature）。但其情懷卻已爲十九世紀的奇幻文類打開局面：舉凡童話的寫作、傳說的採集、科幻，以及魔戒類的奇幻文體都源自浪漫主義對失去的純眞與超越無比的執著。

當前我們所言的「奇幻文學」，狹義而言應指的是幻思文類（fantasy），廣義而言則還可以包括所有具有奇詭成份的奇詭文類（the fantastic）。前者包括超自然奇幻（《魔戒》、《愛麗絲夢遊奇境記》）、科幻、童話，後者則又可加入驚悚小說（如Stephen King）、偵探小說（如Agatha Christie），及具「異境」（uncanny）感的作品（如波赫士、卡夫卡．荷伯。格希葉等）。大體而言，上乘的奇幻文學作品，都相當著力於另類世界或「次世界」（secondary world）的建構。其目的則在經此世界，提供一種視角上一百八十度的翻轉（diametric reversal），以資批判主流視角。

《魔戒》類型的奇幻文體至少可以上溯到奇幻之父麥唐納（George MacDonald）一八五八年所寫的《幻思：男人與女人的仙境傳奇》。本書捨宗教奇幻的教訓企圖，並具體的描述了一個另類的世界，從而奠定了日後此類奇幻文體的典範。從麥唐納到托爾金（J. R. R.

Tolkien），英語世界的奇幻文學經歷過不少傑作，如William Morris的《世界盡頭之井》（一八九六）、Henry Haggard的《索羅門王的寶藏》（一八八五）、James Cabell的《郁爾根：正義的喜劇》。一九三〇年在牛津大學成立的「吉光片羽社」（The Inklings）則帶領英語世界奇幻文學走入盛世，其成員至少有兩位作品廣爲後世傳誦：托爾金與路易斯（C. S. Lewis）（以《納尼亞紀事》知名）。

托爾金的《魔戒》之影響又有他人不可企及之處。這倒未必意味著其他作者（如路易斯）就不如托爾金。托氏的千頁鉅作擲地而能有聲，除了其本身深厚的學養（古代北歐語言與文化的知識）、投入的心血（花了四十年時間，鉅細靡遺的建構出他的「次世界」）及龐大的想像力之外，時勢也爲英雄的修成正果有推波助瀾之力。《魔戒》三部曲雖出版於五〇年代，卻在六〇年代中期成爲大學生的「狂熱崇拜」（cult）對象，實與戰後美國資本主義體制深化、掌控了軍與政的主軸有密切關係。苦悶的青年學子面對體制處處碰壁之餘，在《魔戒》中看到了明確的可資共鳴的訊息。

最簡單的讀法在此也可能是最具說服力的：魔王是以美國政府爲首的「軍政商鐵板」，魔戒（俗世名利）則是它用以統治世界的利器。每個拿到魔戒的人，都因爲它的法力而忍不住有占有欲望，然而一旦戴上魔戒，其實個人的力量來源反而成了被魔王控制的管道。圓形的魔戒有如魔王為人類構築的圓形監獄，一旦戴上就無時不活在魔王的監控之中，最終必為欲望蝕盡人性。而破除魔王法力的不二法門，則是放棄權力與欲望——毀掉魔戒。然而，放棄此兩者談何容易，因而有《魔戒》這部鉅著。

由此可知，奇幻文學不外逃逸，但同時也總透過寓言，在短暫的逃逸中找到另類的視野，回頭照見人在權力與欲望之下的本來面目。

在有情與無情之間
——中西成長小說的流變

西方所謂的「成長小說」（Bildungsroman或educational novel或apprenticeship novel或initiation novel），原指具有「關於有『成長意義』的成長經驗之描述」。換言之，即使描述成長，但主角在最後若沒有心理上的「成長」，還不能算眞正的成長小說。但這個定義並沒有絕對的約束力，而且，事實上，從當代思潮的眼光來看，也顯得太「正經」了些。如果我們獨獨青睞「有正面成長」的小說，不啻把成長面向簡化窄化，甚至布爾喬亞化了。我個人傾向於把任何「描述成長經驗的小說」都列入成長小說的範疇，而且事實上，成長小說有一大部分都有強烈的「反成長」取向。不過，我們感興趣的並不是單純「描述成長經驗的小說」，而是必須能形成問題意識（problematic）的小說。也就是說，西方狹義的「成長小說」中「提出問題」——能對既有體制提出質疑——這個成分必須保留，但「找到答案」這個成分則未必一定要有。

一、西方成長小說

在這種（成長小說的）定義下，西方約在十八世紀中葉（一七五九）出現了第一部以描寫少年成長經驗爲主的文學作品：《憨弟德》。爲什麼在這個時候呢？原因其實不難推測，因爲少年突然在人生的地平線上出現。但後者的原因又何在？據莫瑞堤（Moretti）的說法是：在十八世紀初，關鍵轉變不只是對少年的再思考。在所謂「雙重革命」（doublerevolution）的夢境與夢魘中，歐洲幾乎是在毫無預警的情況下，突然落入了「現代性」（modernity）之中，但仍沒有現代性的相關文化。因此，假如「少年」（youth）的意象獲得了中樞性的象徵地位，同時「成長小說」的「大敘事」（grand narrative）也逐漸成形，這並不完全是因爲歐洲必須給予少年一個意義，而是爲了給現代性一個意義。（Moretti 5）

換言之，少年是因「現代性」的來臨而成爲西方文化的中心象徵。西方世界自文藝復興之後，個人終於獲得解放，對人的重新肯定以及對世界的探究欲望，突出了「現代性」的一個主要面向：不受拘束、四處流動，以及隨之而來的理想氣質。這時期的西方人或文明，就像哈伯雷筆下的巨人一樣，如初生的小孩般，從中世紀的黑暗母體中來到人世，不但讓黑暗的母親死亡，而且對一切充滿好奇，「凡事皆能引我誘我」。因此，以人生中的少年時期喻之寧非恰當。

然而，世俗的個人力量被肯定，也無可避免的會導致理性地位被誇大。理性的特色就是要把事物秩序化、合理化。其極端的表現，就是把理性圖騰化、把人生因果化、規格化，讓一切的意外與偶然無所遁逃——簡而言之就是把生命「成人化」。如此，則相當程度而言，我們可以說西方脫離了中世紀的宗教規範束縛之後，又進入了理性的束縛。現代性的這個面向則又在「（少年）青春不長在」（Youth does not last.）的隱喻中，發現了時間對冒險精神與理想情懷的詛咒。如此，少年對那些心向成年的人來說，也有了一定的過渡意義。少年的不安與流動是值得鼓勵的，因爲這可以爲日後「成熟」（mature）的成人（公民）打下雄厚的基礎。

少年能代表現代性，正因爲它同時象徵了現代性的兩個互相衝突的層面：「尚未成人」以及「終將成人」。

成長小說便是在這種氛圍中出現。但成長小說從一開始就意識到了「少年」這個象徵的挪用，兼具了這兩種矛盾的內涵，也往往試圖協調這兩種內涵；成長小說原文意爲「教育小說」可見一斑。但雖曰以「教育」爲念，成長小說自始就毫無例外的欲以少年純眞的眼光，洞悉建制的僵化與不合理。尤其成長小說濫殤於浪漫主義開始醞釀的新古典末期，更能讓人嗅出其強烈的反體制氣質。

伏爾泰（Voltaire）的這個故事正是對（新古典）體制提出尖銳的批判。而被認爲「理性尚不發達」的少年，在他的眼中便恰是「不爲成人世界的成見所蔽」的純眞，遂特別適合做爲批判所從出的視角。

伏氏在這個故事中，描述純眞少年憨弟德原先接受理性主義的樂觀說法，認爲人生無恁美好，但在經歷人世之荒誕無稽之後，了悟出「我們必須耕耘自己的園圃」的道理。男主角憨弟德在人生中發現，理性及因果完全無法解釋人生的無常與不公。極端理性主義肯定既有的一切，認爲「存在的就是合理的」，使得改革成爲不可能。而憨弟德從人生中所得的教訓就是，美好的世界不會輕易來到，尤其不會從空談（理性的抽象思維）中得出，而必須努力耕耘。

《憨弟德》一書不只是整個成長小說的源頭，也是浪漫主義的重要前兆之一。西歐浪漫主義的騷動，可以說是文藝復興以來「現代性」中「尚未成人」（不安、流動的）這個面向對

「終將成人」（理性至上、利益優先的）這個面向的全面反動。「尚未成人」也逐漸有了「不願／拒絕成人」的意涵。因此，對少年時代的肯定，到了浪漫時期臻至最高峰。浪漫主義肯定自然，拒斥文化的世界，因此對未經文化污染的一切都給予高度評價，甚至賦予救贖力量。兒童就是象徵自然的意象之一。渥滋華斯甚至說，「小孩是成人的父親」。因此，也難怪此一時期的成長小說大批湧現。盧騷的《愛彌兒》可謂率先發難。

本書所述及的主人公，正是這樣一個未遭文化污染，天性得以煥發的少年。在其未經文化涵養的素樸人格中，一切美好的品質都已具備。但話又說回來，做爲少年，「教育」仍是成長過程中不可或缺的一環。這是因爲浪漫主義的中產階級本質使然：最後還是要回到主流社會中來。一種超越性的「理想全人」終將誕生。故事本身情節雖不突出，但卻是極重要的文獻：可以視爲一部浪漫主義對「理想人」或「全人」的宣言

另一位浪漫時期的重要作家歌德則有三部傳世的成長小說。一是「威罕·麥斯特」系列中的兩部作品，另一則是更爲眾人熟知的《少年維特的煩惱》，前兩部作品，也是典型的早期成長小說；最終的教育都是成功的。倒是他年輕時寫成的《少年維特的煩惱》一書卻以悲劇終結。在書中，少年維特因爲要求絕對的誠懇（sincerity）與眞實（authenticity），終不得不自殺棄世，以杜絕自己絕對的標準遭到腐蝕。

維特的行爲充滿理想色彩，但也讓我們在其中看到了浪漫主義對自身局（極）限的意識，也看到了少年書寫對自身局（極）限的初次感知。

在後來的「威罕・麥斯特」系列中，歌德雖然加入了德國浪漫主義對「美學教育」（aesthetic education）（席勒）的理想——即透過此種教育以塑造「全人」——持樂觀的態度，但卻已無法改變《少年維特的煩惱》對「現代主義」將至的預言。啓蒙的樂觀從此蒙上了日漸擴大的陰影。

到了如斯湯達爾的《紅與黑》或福樓拜《傷感教育》（*Sentimental Education*）這類十九世紀的寫實主義作品時，「反諷意味」（ironic）漸漸變濃，更進一步展現出現代文化內在的不協調（Moretti 97）。這個轉變來自小說家對布爾喬亞價值進一步的自覺與疏離。布爾喬亞的價值被確認爲是披著「自然」（nature）的外衣，而行壓抑「偶然」（hazard）之實。比如，斯湯達爾便在書中明白指出：「當前的文明放逐了偶然，再也沒有屬於「意外」（the unexpected）的空間」（100-104）。於是，少年的意象在這些小說中益加與成人所代表的布爾喬亞的世界決裂，尤其表現在對其基本價值的否定。除了布爾喬亞的核心精神——工作倫理、實用取向、常識認同之外（164），浪漫主義時代所經營出來的「美學教育」也在揚棄之列（37-38）。因爲布爾喬亞思維的終極目標之一就是複製能融入布爾喬亞社會的「好公民」。而現代精神日漸茁長的成長小說則傾向於反其道而行。

斯湯達爾的《紅與黑》以鄉下少年進城謀求發展爲主軸。主角索黑爾（Julien Sorel）是個天賦特出的少年，而且具有行動能力。但過度的自覺（self-consciousness）與社會的壓力，使他最後也只能放棄所有行動，聽任浮生並止於自殺。索黑爾所呈現的對（布爾喬亞）社會的疏離，代表著「現代英雄」的誕生（Turnell 19）。而「現代英雄」與社會的關係以莫瑞堤的話來說，就是「諧擬」的關係，一種無法獲得「眞實」的宿命（100）。在福樓拜的《感傷的教育》中，這種關係又更明顯。

《感傷的教育》描述的也是一無所有的鄉下少年莫何（Frederic Moreau），來到巴黎希望能有所發展。經過連番的挫折之後，以壯年之身回到鄉下不復再起。這個故事中的主角起初也有逐夢的野心，但與索黑爾不同之處在於，他太容易受挫折，遂總是不斷以容易的感情或肉欲，做爲替代性滿足的對象。因此，整個「感傷的教育」顯然是根植在反諷（irony）或諧擬（parody）基調上。與浪漫時期強調「眞誠」（authentic）委實大異取趣。而最後的幻滅又更突出了成人世界與少年世界的不可以道理計的差異。（156）

基本上，這個時期（以法國爲主的）成長小說中的主角，最後總是成爲資本主義／布爾喬亞的犧牲品。因爲，他們雖然力圖掙脫布爾喬亞／資本主義的金錢邏輯，最後總是又換了一種方式落入其圈套：從反對工作轉而成爲接受消費。而終至無力反擊（168）。

美洲的發現曾一再爲歐洲帶來新的期待，認爲那會是一個可以擺脫舊大陸的新天地。因此樂觀精神也隨之在歐洲文明中有所復甦。而美國作家尤其爲美國文明的年輕與純潔感到自豪。但如馬克吐溫讓後世傳誦不已的《頑童歷險記》，顯然還是沾染了他強烈的「厭世情緒」（misanthropy）。哈克鄙棄現實的「自然世界」的方式是逃入大自然，但這種方式已不是早期歐陸的浪漫主義，透過美學教育以塑造布爾喬亞社會中堅——理想全人或自然人——的企圖，已不復得見。故哈克的逃遁算是非常美國風的，因爲唯有還屬新開發的美國，能在悲觀中提供這種樂觀的對抗成人世界的方式。

進入現代主義之後的美國成長小說氣質就大不相同了。此時期著名的成長小說之一《麥田捕手》，一方面繼續發展頑童的反布爾喬亞（反教育與反家庭）的主旨，另一方面，其存在主義式的思維，則也近乎無奈的暗示／誤認（布爾喬亞）天地之無所逃遁。

稍早在大西洋的彼岸，喬艾斯的《一個年輕藝術家的畫像》則企圖力挽狂瀾：在二十世紀濃厚的疏離氣氛中，再次爲少年尋得成長的可能性。在這本膾炙人口的藝術家成長小說中，主角史帝芬・戴德拉斯（Stephen Dedalus）首先對僵弊的教育體制提出批判，繼而又針對宗教體制的囿限大加抨擊，最後爲了藝術家「個性」的發展，也不惜與「國家」絕裂。他成長的過程，就是一個不斷割捨的過程、一個追求完全的自由的過程。

這部成長小說可以說是空前的敢於肯定少年的價值，但其積極與正面的態度卻具有雙重的意義：對歐陸傳統的成長小說而言，可謂已是迴光返照；但對此大傳統之外的新（成長）小說卻又有預言的作用。因爲，歐陸傳統的成長小說畢竟與現代性相偕出現，再怎麼演變都是布爾喬亞的自省書寫。只要「人」的觀念不死，終也難免無法超越其階級局限。於是，《畫像》的主角戴德拉斯如希臘神話中的同名者一樣，努力的飛出迷宮，便意味著布爾喬亞價值的相對地位終被察覺、被捨棄，西方也終於進入了多元紛陳的後現代思維。

一直要到「後現代」思潮出現之後，對布爾喬亞的局限有了根本上的認識，而敢於質疑其所設定的「人」的觀念時，成長小說才有了突破性的發展。此後的成長小說，才可能從「人的成長」的大敘事（grand narrative）中解放，而落實成爲「各種人的成長」。也就是從「白人中產階級基督徒」的典型成長故事，演化成多元多樣的各種可能的「人」——包括女性、少數民族、少數性別、異教徒，以及任何其他各種獨特的社群與個人——的成長故事。

二、中國傳統成長小說

中國文化的「現代性」可溯及宋代。工商的高度發達、城市文明的興起、市民階級的出現、公共空間的形成，以及思想上的對人性的肯定及發掘等在在都標示了：中國文化在此時經歷了類似西方文藝復興般的洗禮。中國在當時也許沒有形成如西方文藝復興之後展開的地理上探險與擴張，但在心智與科技上卻有明顯的開拓與躍進，以「少年」比喻此時的時代精神也不爲過。但就在同時，理學的逐漸成形也意味著人的力量被誇大、理性的力量被神化，而形成新的束縛。一直要到南宋時陸象山別出「心學」之後，理學的束縛才出現一絲鬆動的可能。陸象山的「心學」把程朱外求式的性／理之學，轉而爲內省式的心／理之學（錢穆 220-225）。因此，特別強調「心」或「情」以對抗「性」與「理」。晚明經過王陽明對陸象山的再發揮，又更驅動了「情的論述」發展。

宋明理學過度誇大「天理」與「人欲」之對立，馴至強調「存天理、去人欲」，首當其衝的當然是「人欲」的代表——「情」（樓宇烈 154；轉引自陳萬益 166）。明代科舉取士將此教條八股化之後，更「桎梏了士子的思想以及人民的情欲」（166）。而從心學發展出來的「情的論述」則對「存天理、去人欲」之說給予大幅修正，特別突出「人欲／情」部分的價值，甚至認爲「天理就在人欲／情之中」（166-172）。

由此觀之，晚明的「情的論述」與西方浪漫主義在精神上極相似：認爲人在自然的狀況下所擁有的乃是最眞善美的人性。李贄的「童心說」當然是其中最具影響力者，湯顯祖、袁宏道與馮夢龍等人受其影響，繼續發揮，而成就了晚明的「浪漫風潮」。

「情的論述」的出現，是對理學最強力的反動。但相當程度而言，我們也可以把這兩個論述的歧異，視爲「中國現代性」的兩個互相矛盾的面向。「情的論述」屬於「尚未成人」／「抗拒成人」的面向，而理學從這個角度看來，則是現代性中理性高漲的「終將成人」的面向。在這兩種論述的糾結與互動中，誕生了中國的成長小說。

情對成長之必然的反叛，在文學上主要始於才子佳人小說。這種文類雖可以上溯到董西廂，甚至唐傳奇。但蔚成文類，還要等到明末。在諸多原因（如資本主義社會的初步民主精神，以及政治黑暗造成作家避寫現實硬性題材等）中，強調自然的浪漫思潮出現，尤爲才子佳人的小說中不可或缺的「充分條件」。有強調自然的思維，才能對禮教質疑，才能對情字充分擁抱。而少年的情事，也很自然的成爲體現這種精神的最方便的形式。

但因爲才子佳人小說對少年與情的頌揚畢竟不徹底。西方早期的成長小說，因不願放棄「教育」，而不免馴化其文類的衝擊力。才子佳人小說的發展也有類似的自我設限。一方面恪遵「順情而不越禮，風流而無傷風教」的原則（何滿子 157），另一方面在最後總會落入功名的俗套，以國家權威取代父母之命以成就其感情的「正當性」（legitimacy）。因此，才子佳人小說遂如《紅樓夢》所言：「千部一腔，千人一面」（第一回），顛覆力當然有限，藝術價值更遜。

一直要等到《紅樓夢》「情的論述」才受到全面的肯定，少年的價值才隨之受到足夠的重視，同時，藝術價值也才與西方成長小說藝術成就可相頡頏。但即使如此，中國的成長小說的極致，在時間上還是要比西方的成長小說雛形《憨弟德》早上幾年（《紅樓夢》最早的版本「抄錄甲戌脂硯齋重評本」於一七五四年，《憨弟德》則出版於一七五九年）。

《紅樓夢》與《憨弟德》不但寫作年代接近，而且在基本架構上也有相似之處。兩者的故事都從「自樂園放逐」（exile from paradise）開始；兩者都是以一種較爲流動的論述來針砭已僵化的舊有文化與體制（憨是新古典；紅是儒家）。但相較之下，《紅樓夢》所探討的層面與深度要比《憨弟德》複雜得多。比如對於教育、家庭與工作等建制的觀念，其反省也顯然比《憨弟德》徹底得多。兩者有此差距主要原因還是，《憨弟德》是浪漫主義的前導，而

《紅樓夢》則已是中國文化中「情的論述」的總結。

在《紅樓夢》中少年是故事絕對的主體，而發展也完全以反抗成人文化爲主軸。較諸同樣自「情的論述」發展出來的才子佳人小說，《紅樓夢》更基進、更徹底。寶玉不但拒斥成人文化中關於功名利祿與禮教階級的部分，甚且家庭制度與國家威權也予以質疑。這就不能不說是空前絕後了。

不過，在《紅樓夢》中看似澎湃的情的浪潮，終於因佛道的「開悟」，而成就了另一種境界，並未如西方的浪漫主義蔚成風潮且影響持續至今。而植基於此「情的論述」上的成長小說寫作，也因此而夭折。

故在古典傳統中的成長小說得以傳世者可謂只此一篇。一直要到民國之後，才有新的作品賡續《紅樓夢》所楬櫫的「反體制」意旨。但此後的成長小說受西方的影響似乎多於傳統的承繼。

三、結語

宏觀而言，中西成長小說確有不少共通點：都是現代性的一種體現；都曾有成長與否的內在矛盾；都是對成人世界（「他們世界」（they-world）、常識世界（world of commonsense）等體制化、規格化思維）的反抗；都是對少數的肯定。但最重要的共通點還是，雙方的傳統都根植於情，而且都對情有一種絕對的要求。最終的結局雖有可能再次被教育所收服，但起碼對情的渴求曾經眞誠過。而從中西成長小說整個發展流變也可以看出，它在思維上有不斷的自我超越：都是從「終需長大」的回歸主流到「拒絕長大」的謝絕主流。起初是把少年當做必經的過程，不是終極的目標。但最後都走上全面對少年的肯定。只不過，《紅樓夢》中的少年拒絕長大的氣質，似乎成長過早，幾乎比西方整整早了兩個十年（《少年維特的煩惱》出版於一七七四年），但也因此，中國的成長小說等於是因「早慧」而「早夭」。

引用書目

Bol, Peter K., (1995) "The Tang-Song Transition Reconsidered--A Discussion of Recent Developments in the American Historiography of the Song Period",Speech delivered at National Taiwan University.

Brombert, Victor. (1962) *Stendhal*. Englewood Cliffs, N. J.: Prentice-Hall.

Buckley, Jerome (1974) *Season of Youth: The Bildungsroman from Dickens to Golding*. Cambridge: Harvard UP.

Giraud, Raymond (1964) *Flaubert*. Englewood Cliffs, N. J.: Prentice-Hall.

Habermas, Jürgen (1989) *The Structural Transformation of the Public Sphere: An Inquiry into a Category of Bourgeois Society*. Trans. Thomas Burger. Cambridge, Mass.: The MIT Press.

Hardin, James (1991) *Reflection and Action: Essays on the Bildungsroman*. Columbia, S. C.: The U of South Carolina P.

Hegel, E. Robert (1981) *The Novel in Seventeenth-Century China*. New York: Columbia UP.

Moretti, Franco (1987) *The Way of the World: The Bildungsroman in European Culture*. London:Verso.

陳萬益（一九八八）《晚明小品與明季文人生活》台北：大安出版社。
何滿子（一九九五）《中國愛情與兩性關係——中國小說研究》台北：商務書局。
錢穆（一九八八）《中國思想史》台北：學生書局。
鄭培凱（一九九五）《湯顯祖與晚明文化》台北：允晨文化實業股份有限公司。

＊本文寫作期間獲中央大學康來新教授在資料蒐集與思維激發上助益良多，特此致謝。

在反叛與扎根之間
——非西方成長小說的試煉

一、本土傳統豈能「布爾喬亞」？

少年的成長是永恆的，但又永恆不斷在變異中：一方面是個人時空帶來的變異——再叛逆的少年也無法擋住成長的巨車，另一方面是集體時空所帶來的變異——中外古今的生活形態與生產模式也無日不在塑造新的成長經驗。如此推衍，不但成長永恆在變異，對於成長的態度，也一再改變。在有些時空中，人的價值隨成長而增加。在另外一些時空中，則成長卻是腐敗的開始。對成長小說的態度亦然。

原則上，我們可以說西方成長小說的意義的演變，與西方整個文學與藝術領域典範的演變，是互爲表裡的。現代性（modernity）成形之後的西方文學歷經了新古典、浪漫主義、寫實主義、現代主義，以迄今天的後現代主義與後殖民論述。在每一個主義之下，對文學的要求與評價方式，都有所改變。做爲其中一元的成長小說，也有相類的遭遇與演變。

西方成長小說因現代性的萌芽而出現。最初是一種暗喻（metaphor），用來比喻剛剛進入現代性的西方人對於體制與人世的態度。但是，甫從中世紀黑暗中掙脫的西方人，其實很快就意識到，人類用以自我肯定的理性不久就會與黑暗的舊體制有所結合。這樣的體悟自然反映在成長小說之中。當時的西方人正如早熟的孩童，發現自己處在一個尷尬的地位上：感受到「尚未成人」與「終將成人」這二個面向所形成的緊張。但愈接近現代主義的作品，愈強調前者。也就是說，愈對權威與體制具有顛覆性與挑戰性。在西方的情境下，這種對權威與體制的挑戰，對象基本上是相當清楚的：就是新近當紅的布爾喬亞（bourgeois）體制或價值。（廖咸浩 81-84）

西方挑戰體制或權威的文學作品，在中世紀之前，多是宗教上的異議表現，基本上被視爲異端邪說迫害。一直要到中世紀末期，宗教權威大爲衰退之後，這類異議寫作才略有空間。至於世俗性的反體制或反成規的作品，則一直要到文藝復興之後才出現。起初這類作品仍常有部分反宗教內涵，但其實主要火力已經指向「布爾喬亞」體制及其價值觀。此後的作品具顛覆性者，多仍會被查禁。但理由雖有反宗教、反道德，或反國家／國王等類別，眞正原因都可能與反布爾喬亞價值有關。

布爾喬亞指的西方歷史上自文藝復興開始醞釀，到十九世紀全面主宰西方社會的「中產階級」（另一種稱呼就是「商人階級」）。這個詞彙在十九世紀的知識與文藝界幾乎成了「人民公敵」的同義詞。原因是，在那個年代，布爾喬亞階級的力量臻至了頂峰。對當時西方的知識與藝術界而言，隨商業體制從四面八方掩至的布爾喬亞價值觀，俗麗令人側目，腥臭令人掩鼻，從而群起對布爾喬亞價值針刺有加。布爾喬亞階級對社會的主導之所以令人反感，主要在於其階級性質。布爾喬亞是以商業活動起家的，其價值標準多以金錢爲本。在當時仍習慣以超越性價值（如宗教價值或人的理性）爲人生準則的西方社會裡，擁抱這種價值標準的思維自然引起了極大的反感。十九世紀知識藝術界對於布爾喬亞的批評，多如過江之鯽，德國名詩人海涅的比喻可見一斑。這位德國浪漫主義詩人，便曾說過，在布爾喬亞社會裡，處處瀰漫著商業與市儈的氣息，即使耶穌受到鞭笞時的痛苦表情，化爲文化產品後，都會讓人聯想到「老闆在企業倒閉後（的表情）」。（海涅 392-393；引自Gay 35）

在西方歷史的演化上，布爾喬亞階級的出現所受到的評價並非完全負面。包括中產階級的死對頭馬克思也曾指出，布爾喬亞階級有一定的正面歷史意義：布爾喬亞「把西方一大部分的人從『村野生活』的愚昧中拯救出來」。（Gay 41）其他如當代多數社會奉行不渝的民主制度也等於是布爾喬亞無心插柳的成果。但布爾喬亞的價值觀卻絕非一般醉心西化／現代化論者，所想像的完美無瑕。從今天的角度來看不消說是百孔千瘡，即使從上個世紀末來看，也已然有以偏概全的問題。

若說成長小說最初是「爲了給現代性一個意義」（Moretti 5），那麼相當意義上來說，也是爲了給布爾喬亞一個意義。因爲，現代性與布爾喬亞階級是一起發展的（甚至是一體兩面），故就如同對現代性的態度一樣，成長小說對布爾喬亞的態度最初也是曖昧的。也因此，隨著現代性的發展日益偏差、布爾喬亞的聲勢日隆，成長小說也對兩者愈加批判。這個批判的趨勢在浪漫主義時期出現第一次高峰。但布爾喬亞能在西方逐漸成爲主導階級，歷百年而不衰，自非省油的燈。布爾喬亞以其商人階級對於商品化潛力的敏銳嗅覺，隨時隨地都能以退爲進，把反布爾喬亞的喧天鼓譟，化而爲市場上的花團錦簇。浪漫主義終究是被馴化成了維多利亞式的禁欲主義。但反布爾喬亞的風潮也是前仆後繼，未嘗稍歇。浪漫主義之後的寫實主義，理論上與布爾喬亞更爲親近，但其重要作者多自始便與布爾喬亞爲敵（如福樓拜，巴爾扎克、斯湯達爾等）。現代主義的作品則更是激烈的反布爾喬亞。從二十世紀初的前衛運動到勞倫斯皆然。

但商人「布爾喬亞」何其厲害，即使反布爾喬亞姿態猛烈如現代主義的前身的「前衛運動」，最終也被收納成爲布爾喬亞體制的一部分，甚且是不可或缺的一部分。當然，在這個時候，布爾喬亞已經搖身一變，成了走在時代最尖端的資本主義尖兵，而不再是那種做小生意的布爾喬亞了。這些現代化藝術再怎麼反，也反不到那些已經隱形化的新時代的布爾喬亞（或者我們也可以稱之爲「大布爾喬亞」）。

這樣的歷史背景下所形成的西方近代文學與藝術，在二十世紀初與中國及其他許多第三世界國家接觸的時候，難免出現一種很有趣的「翻譯」現象。西方各個時期原先用以挑戰布爾喬亞體制與價値的作品，到了中國卻被用以印證布爾喬亞體制與價値優於中國文化。因爲，所有這些布爾喬亞文化與反布爾喬亞文化，都在西方布爾喬亞體制的收納與中國知識界的不明就裡下，變成了內在毫無衝突與斷裂的西方文化。而更重要是，這些都一古腦兒被挪做「反傳統、反封建」之用。

在中國，五四新文化運動便是這種心態下的產物。在五四精神下的新文學，除了磨刀霍霍向傳統之餘，全無能力對傳統有正面，甚至同情的理解。故五四以來新文學的問題，還不只是目前各方一再指陳的過度的國族負載。更嚴重的可能是其對西方／現代化價値的全面歌頌，所造成的對傳統文化的鄙棄。對國族的執迷，猶可能憐惜傳統（雖然實際上是有困難的，因爲民族主義的實踐往往因救國心切而會導致反傳統），對現代化執迷，則傳統就無容身之處了。

民國初年以來，雖然不斷有國粹論者試圖抵擋全盤西化／現代化論者的凌厲攻勢，但中國近代面對西方時的一連串挫敗，早已讓大批中國知識分子對西方崇拜有加，以致對傳統的衛護在道德性上是極爲低落的，而國粹論者也被草率視爲保守派。

傳統並非不可批判，或無可批判。民國初年引進的布爾喬亞價值，對傳統確也有部分的更新之功。但布爾喬亞價值豈能全面擁抱？而傳統也絕非一文不值。甚至許多時候，反而能救布爾喬亞價值的不足。比如布爾喬亞價值的功利取向、科學主義、物化自然等等，都可以在中國或其他傳統中找到紓解的良方。

從五四到現在的現代文學藝術，幾無例外的把所有的體制的問題都或隱或顯的歸諸傳統，因爲傳統是「前現代」（pre-modern）的，故必是封建與落伍的。此中對「現代性」（或以布爾喬亞爲代表的現代性）的執迷，簡直是無以復加的盲目。對現代性的反省幾可謂絕無僅有。即使有之，也無不把「現代性的陰暗面」草草化約爲永恆而遍在的父權體制，或如在台灣的情境下，乾脆直接將之移花接木成爲「傳統」的一部分。換言之，「現代性」僅止於其正面內涵。其短處，則統統撥交「傳統」概括承受。

於是包括台灣在內的第三世界就出現了另一個奇特的現象：那就是，其傳統在遭遇西方現代文化（布爾喬亞文化）以來，因為社會主流獨尊西方而飽受摧殘以致所剩無幾之餘，竟然還需要不斷的爲已經全面滲透到這些社會的價值體系中的現代性／布爾喬亞價值背黑鍋，並且繼續受到不斷更新、殺傷力備增的新理論（如馬克斯主義、女性主義、後現代主義、後殖民理論）的糟蹋。這些新理論在引進台灣之前，其實都對現代性努力試圖反省，故若能妥善運用，理應能矯治過去對布爾喬亞價值的偏袒，增進對傳統的同情理解。然而，很不幸的是，本土社會，常被這些理論的挪用者給予兩種完全相反但卻是一體兩面的處理：一方面，對本土社會不求甚解，而硬把本土社會視同西方社會，逕將西方社會的弊病視同本社會的弊病。另一方面，卻又把這種與西方社會「完全一樣」的弊病視為本土「特殊傳統」的產物。

事實上，當前本土社會的許多弊病，確有部分源自於傳統，但若有心除弊，則不能不對傳統有充分理解，而不是逕把傳統視同西方布爾喬亞體制。但更多的弊病反而是受到西方（現代性／布爾喬亞）價值影響下所產生，如此，自應置入西方文化脈絡中予以檢討，若不由分說嫁禍於傳統，其結果往往是對稻草人任意放火，而不幸波及了糧倉。

從前述的討論我們不難看出，我們的孩子在成長時所面對的困境。他們在成長的過程中，不斷接受到兩種彼此矛盾衝突的訊息：一是國家要現代化，需要現代化的公民。另一是，傳統需要傳承，社會才能有根有本。但是社會的弊病若不斷被諉過於傳統，倡言強化傳統之傳承的論者，難免會被視爲是反現代化的。再加上布爾喬亞體制的最新體現——後期資本主義的社會——非常之懂得利用當代思潮中顛覆、越軌、雜化等反體制的文化實踐，使得「反體制」變成了一種時髦行當，以致不但這類實踐的反省與深究的成分大爲稀釋，反的對象更被簡單的等同於（本土文化）傳統。然而，隨手摭拾兩個被認爲是傳統爲禍的例子，都可以發現，問題並不簡單。比如說，國語、國粹、國術等獨尊某種傳統文化的現象，到底是中國中原中心的「傳統觀念」在作祟，還是西方布爾喬亞／現代性的以偏概全（totalizing）的思維——尤其是其中的西式民族／國家主義——在作祟？性別成見之僵固，到底是傳統男女授受不親的傳統觀念所致，還是西方布爾喬亞／資本主義要求嚴格分工（division of labor）的產物？在在有待思量。

而在台灣則又有另一層對傳統的牽制，那就是，對傳統的保存與開發，又必須在中國與台灣之間做選擇。而這樣的區分在不容易找到客觀標準的情況下，往往又會強以「現代化與否」的原則勉予區分。如此，則殖民者文化的痕跡反而被視爲是本土的代表，而眞正的本土文化資產（多半與中華文化淵源匪淺）則被有意無意的冷落或排斥。到頭來傳統還是被現代性／布爾喬亞給打敗了。

二、成長小說理應「小說」成長

所以，我們看本土的成長小說時，首先要拿捏清楚的是，反成規反體制固然是這些成長小說的基調，而且也良有以也，但這並不意味著所反的成規與體制，必然是來自中國傳統文化，如今已普及全球的西方布爾喬亞價值，更可能是源頭。

少年素樸的反應固然有其反世俗的基本意趣，但經這些成人的作者再現之後，當然無法不弔詭的沾上成人的成見。成人作者對於「成人世界」（也就是少年所質疑的體制）的理解深淺，關係到對前述布爾喬亞價值與傳統價值的區分與否。而成長小說的洞察之深淺，也端賴於此。然而，不可否認的是，自五四以迄現在的成長小說（也包括其他現代藝術或論述），能掙脫對布爾喬亞價值的迷信，認清傳統與布爾喬亞價值的區別者，幾希矣。不但小說中所挑戰的體制似乎未曾有所改變，而此體制乃是落伍封建之中國傳統，且必以西方之先進觀念破解的簡單思考，也仍無人敢攖其鋒。

若以先前的分殊為基礎，來重新審視從五四到今天的少年的成長，那麼，這條成人所寫的成長小說為少年所鋪設的成長之路，難免有許多岔路與歧出。正如成人之反體制思維或整個第三世界的社會的發展一樣，常常不是走在一條照明良好的路上。

成人假想自己是少年的時候，並不能如少年一般把經驗全面歸零，從根柢處觀察成人的世界。從當代的角度看五四迄今的成長小說，其不足處當然是把西方的成長經驗予以依樣畫葫蘆，無法眞切抓住本土的成長經驗。雖然故事題材取自作者身邊，但整個經驗卻是西方的，且還是扭曲的西方經驗。這也就是先前提過的，把西方的以純眞質疑布爾喬亞價值，扭曲成了以布爾喬亞價值質疑本土傳統。

而且，一如前述，自民初迄今八九十年來，布爾喬亞價值早已滲入了本土社會的每個領域面向中（本土社會目前乍看與西方不盡相同的部分，未必是因爲本土文化仍有殘留所致；也可能是西方已又經歷新的變化），而傳統也早已花果飄零，但眼前卻還常聽到以個人自由顚覆傳統威權的言論。孰能說這不是時空倒錯？

布爾喬亞價值的陰暗面，其實就是當代思潮所痛予針砭的資本主義體制與西方啓蒙主義的弊端。後者以大敘事（grand narrative）掩蓋小敘述，而造成了各種的中心論（centrism）壓迫異己與弱勢（如性別、族群、階級、年齡、審美等）；前者雖源出後者，但卻在當代社會造成了較任何中心論可能都更深沉的宰制局面，但卻在當代社會受到忽視。後者雖然受到較多重視，一般卻少有能從布爾喬亞價值的角度，進行剖析。反而是常常以布爾喬亞價值爲進步與改革的不二法門，而致對問題只能隔靴搔癢，不及於痛處。

在布爾喬亞價值已經在本土社會全面當道的今天（如私有財產、民主制度、異性戀、文藝獨立、資本主義分工、核心家庭〔nuclear family〕等主流價值，都來自西方布爾喬亞），文學藝術若不能對其有所反省，已不足以爲稱職的文藝作品。但若反省不能徹底，也很難察覺布爾喬亞商業體制的吸納力量，最終難免再次淪爲其附庸。比如，若談論性別問題時，草率把中國社會視同西方社會，則仍然是負面現代性「以西方爲師」的產物，與後現代性（post-modernity）中所強調的去中心原則大相逕庭。而強調個人自由與體制之衝突時，若不能掌握一個關鍵事實——資本主義體制乃是工商社會中最大的宰制體制，故個人自由往往是其造夢工廠的產物——那麼追求自由就是「以商業反傳統、以流行反沉潛」。其結果不但自由不可得幾，傳統更是雪上加霜。

因此，對台灣或不少第三世界社會的少年而言，成長是件極爲複雜的事。尤其在後期資本主義主宰的千禧年來臨前後。先前已提及，在這個時空中，布爾喬亞價值的領航者，已經從殷實小商人，變成了大資本家，以及環繞在他們四周的媒體與廣告業。隨之而來的改變是：布爾喬亞價值的面貌從明顯的保守市儈，變成了隱匿的自然而然，甚至變成了激進的顛覆創新；布爾喬亞價值的勢力範圍也從人人喊打而局促一隅，變成了全面宰制整個社會。這使得第三世界的文化反省行爲所牽涉到獨特面向——西方價值與本土傳統對陣——變得益發隱而不顯，而常常使得爭取自由的努力，無法切中肯綮。

這種條件下的成長當然與西方的成長不會一樣。而成人寫成長小說爲少年代言，當然也必須與西方不同。當然，在非西方文化中寫成長小說自也比西方困難。因此，小說成就無法盡如人意，也可以理解。但如果成長小說不單是寫給大人看的，也不只是成人與體制關係的暗喩，而且還負有某種程度的教育意義，就不可不對這些問題又更精緻的理解，對這些小說也要有更高的要求。而不能只是滿口反傳統、反封建、顚覆、雜化，而不知道所質疑的「體制」到底是什麼。

說得嚴重一點，大人的成見如此之深，若不知自我反省、不能對體制的操控有深刻的理解，常在不知不覺間已成了體制（也就是「進步」布爾喬亞價値）的代言人，如何寫得出像樣的成長小說？如何來教育視野常常比成人更爲清晰的孩童呢？

以下我們可以簡單的以兩篇台灣的成長小說——王文興的〈命運的跡線〉與林雙不的〈大學女生莊南安〉，來說明以上的論證。一般常識性的看法多半認爲，王文興既是現代主義的作家，必然對本土較無了解，而作品本身也必然不關心社會云云。而林雙不則是「本土派」作家，因此，了解本土、關懷本土自是不成問題。然而，我們實際比較這兩篇成長小說時，我們的結論卻與上述常識性看法甚不相同。

王文興這篇小說描寫的是，一個敏感早熟的小學生爲了確保夢想——成爲著作等身的文學家——能實現，而以刀片來拉長手掌上的生命線的故事。故事乍看沒有什麼社會批判內涵，實則鞭辟入裡。故事中強烈的批判性主要寓意於大人對此事件的態度，雖然也不過是三言兩語，卻道出了壓迫這個小學生的體制何在。迷信雖可以算是其中之一，但眞正作者認爲値得批判的，卻是父親以及醫生的「科學主義」（scientism）的態度：只能以啓蒙主義的角度，對人做所謂客觀的剖析，而無法從情的角度將心比心、設身處地。乍看沒有什麼狹義的本土內涵，但是卻揭露了現代台灣社會被布爾喬亞價値洗腦的程度。

林雙不的〈大學女生莊南安〉則是非常直接的處理台灣戒嚴時期，青少年所受到的結構性壓迫。大學女生莊南安因爲看不慣校方的不公不義，憤而挺身控訴，而從此受到來自校方及情治單位的不斷騷擾。故事中所描述的現象絕對具有相當代表性，但是作者對此壓迫性體制的剖析，卻並未深入根柢。文中與壓迫體制沆瀣一氣的角色，除了情治人員省籍不明確之外，貪瀆腐化的校長、口蜜腹劍的女教官，及與官方唱和的學生，都被作者賦予了清楚的外省籍貫。何以致此？當然是作者認爲「中國文化」內在有此惡劣因子。然而，這種國家機器透過教育體制、情治單位、媒體壓迫單一個人的不義體制到底是中國傳統文化的產物？還是布爾喬亞價值的產物（近如德國、日本的法西斯，遠則可追溯到歷史更爲久遠的、傅柯所謂的「牧民政體」〔pastoral/ police state〕）？

假如我們認爲，成長小說（及所有的文學藝術）的反體制行爲，都不是爲了破壞，而是爲了改善；假如我們相信，文化不可能以革命來改造、從零再出發，那麼，如何在反體制時，認清傳統的正負面，並進而以傳統爲反體制的基礎，的確是所有台灣的（以及全世界的）作者與讀者，在這個布爾喬亞價值已將每一個人洗筋換髓、資本主義體制已讓所有社會魂銷骨蝕的二十一世紀初，不得不深思的問題。

引用書目

Gay, Peter. (1984) *The Bourgeois Experience: Victoria to Freud.* Vol. 1. New York: Oxford UP.

Moretti, Franco (1987) *The Way of the World: The Bildungsroman in European Culture.* London: Verso.

廖咸浩（一九九六）〈有情與無情之間：中西成長小說的流變〉《幼獅文藝》511（七月號）：81-88.

給崴崴，我的小王子

——抗拒常識，以及一切偽裝成反常識的常識

才過一歲生日不久，你已經開始想要說話了。你比手畫腳說了半天。然後眼神殷切的看著我——你要我幫你畫一隻綿羊嗎？我對你來說像是個大人嗎？我想很謙遜的爲你畫一隻綿羊，而且是一隻裝在箱子裡的綿羊。以後，我還會爲你畫很多很多其他的東西。但我總是這麼想著：這些真的是你要的嗎？我希望我是了解你的。

大人們很喜歡想像小孩子；對他們已經完全不記得的美好過去，他們極盡猜測之能事。並爲之流淚，爲之神傷，爲之遠眺地平線之外模糊的海市蜃樓。

然而，孩童若真是那麼簡單而容易想像，那麼孩童的世界是否還值得這樣努力的想像呢？

因此，我謹愼的陪在你身邊，但從不自以爲你是「我的」小王子。我知道我是俗氣的，

包括想依樣畫葫蘆地畫張養在箱子裡綿羊，其實也不免是有點人云亦云呢。

然而，後現代喧囂中的我的小王子，這世界顯然對你來說是非常的陌生。於是，我又不得不干冒俗氣之譏，冒著過分形塑你的危險，對你謙遜的訴說我所知道的、關於如何保有你清澈的眼神與澄明的心靈……

西方中世紀以前，眞理被認爲是超越的（sacred），屬於非世俗（profane）的世界。文藝復興以來，布爾喬亞／商人階級逐漸成爲西方社會的主流，眞理也隨之世俗化（secularized）：自此，世俗世界的「常識」（common sense），遂變成了唯一的眞理。這也就是爲什麼那些大人可以輕易的把「一隻吃了一頭大象的蛇」，看成是「一頂帽子」。常識是一塊無所不在的黑布。有時似乎遠若天涯，有時則緊緊的蒙住你心靈的眼睛。

所以從那個時候一直到我們的時代，「常識」始終是我們心靈的無上至尊的統治者。關於藝術、關於自然、關於人性、關於愛情、關於婚姻、關於家庭、關於國家、關於法律、關於財產、關於歷史、關於性別等等，我們所有這些看似理所當然的觀念，無一不是來自布爾喬亞常識的訓誨：藝術必是賞心悅事茶餘飯後，人性必是永恆不變古今皆然，愛情必是你儂我儂浪漫無邊……多麼的「常識」哪。

到了我們這個年代，常識更是無時無刻不在你耳邊叨絮著。在這樣一個資訊可以輕易被複製與傳播的時代，我們不但會因而更深陷在常識中，也隨時隨地會被檢查、被譴責。

聽到這些常識被一再重複，也許你只會問我：大人說話爲什麼會有那麼重的口臭？這個問題很簡單，他們使用的是被那麼多饒舌的人用口水浸泡過的言語。那些言不由衷又自信滿滿的說法豈能沒有千萬人匯集的口臭？

那麼，我們如何能擺脫這樣的成人世界？你牽著我的手，殷切的看著我。

成人的世界，與少年或孩童的世界是界線非常清楚的嗎？這是一個一不小心答案就會無可救藥的布爾喬亞、就會常識得不得了的問題。

成人的世界並不在特定的地方。常有人喋喋不休的說那就是「封建保守的中國傳統文化」。這當然可能有成人之弊，卻未必從頭到尾，都是成人之弊。就如同「封建保守的西方傳統文化」一樣。文化不會像這些人想像的這樣，是一個一目了然、不是全壞、就是全好的東西。

我知道，有一天你也會這樣問我，那個是好人還是壞人？但我也知道那不是因爲你太簡單，而是這個世界「太常識」，逼得你必須從好人壞人開始。日後這個世界會看起來複雜很多，但基本上還會是脫不開好人與壞人的思考模式。

然而你要知道，這些喋喋不休控訴傳統的人，卻更可能是成人世界的總代理兼祕密警察。他們會用那種以「現代化」爲噱頭、以「進步」爲藉口的炫目的行頭，引誘你跟著去流浪。但往往你不過是在一片廣大的黑色天幕下「安全的」兜著圈子。你好比坐在路徑迂迴的旋轉木馬上，不斷的依他們的暗示消費著沿路的奇花異草。

所以可別隨便把你的傳統變成了寇讎。我們文化中的成人部分，並非一定來自於傳統，更常見的反而是，民國初年引進、至今已過時的西方布爾喬亞商業文化的神話所積累成的「本土近代文化」。但「傳統」顯然是個比較清楚而且動人的箭靶。同時，西方、進步、現代化等等也看起來是個極方便的武器。傳統是壞人、西方是好人，我們社會裡的成人就這麼像他們慣常虐待小孩腦子一般的，虐待著所有甘心或不甘心心智被虐待的人。

本土的「傳統」（其實是舊的西方布爾喬亞文化）之所以看起來保守陳舊，不過是因爲西方的布爾喬亞文化已經又向前開發了更多的處女地。從早期強調孩童少年須給予制式教育，到今天透過當代商業文化全面神話青少年文化，其間的差異，也已經是西方文化內部「傳統」與「現代」的差異了。

「成人」是一種態度，更常隱藏在「現代化」意味十足的流行文化裡。最最「成人」的文化，不就是那個以賺錢爲目的流行文化推手——商業？資本主義體制最受不了的就是別人抓著舊東西不放。更新更新再更新，欲望才能不斷被挑起，生意才做得下去，不是嗎？

當然商業也未必一定是徹頭徹尾的壞人。西方社會的世俗化，也有許多正面的意義。但我們若不知道「商業」是「很多」罪惡的淵藪，它就會變成「所有」罪惡的淵藪。

也許你會是喜歡流浪的。那麼，我希望你能跳下布爾喬亞的旋轉木馬，走出那片黑色天幕的邊界。

但沒有一個人的流浪是因爲他沒有行囊。他的行囊輕便，總是因爲在家遺留了許多他不願帶走的。而且，因爲他思念，所以流浪。

如果「成人」是一種態度，那麼「孩童」的態度是否在某些地方才能得見？我相信所有誠懇的藝術，都企圖尋回童心，企圖從常識的世界，搶救一點非世俗的aura（靈光），即使那總是稍縱即逝的。然則，在一個藝術，以及一切都可以大量生產的世界裡，藝術的靈光似乎也已經消失殆盡。

小王子，那曾經爲艱困中的成長帶來力量的靈光，是不是早已成爲成人世界中的民生必需品了？變成了一種時髦的行當了？

你能回答我嗎？你知道的遠比我多——你用眼神告訴了我。其實所有你給我的問題，都不是問題，而是質疑。不過你雖早有答案，但你不會說出來。我們的語言此時仍然極不相同。到有一天我們可以用語言溝通了……那也就是你的靈光消失的時候吧？

你了然於這一切，但你又是那麼的脆弱。你的靈光在俗世常識的污煙瘴氣中，顯得那麼孤單。

這時候，我就特別清楚的意識到，小王子的故事只是一則隱喻；說的是我們內在的赤子，在人生的荒漠中終必消失——若我們不知珍惜的話。

但我眞的是很莫須有的憂慮著，有那麼一天，小王子會不會也變成了常識的一部分，只不過他會貼著「反常識」的商標。被人到處兜售。甚至於會不會他此刻已然遭遇了如此的命運？

「常識」變成了「反常識」，高高放置在祭壇供人膜拜；「反常識」變成了「常識」，包裝成易開罐到處販售。這就是今天我們這個黑色布幕彌天蓋地無以遁逃、跡近全面成人化的社會。

你要如何保持你內在的小王子呢？我此刻是對著長大以後的你在說話——只有愛才能在困頓中呵護著他。愛是關於玫瑰，也是關於狐狸，以及與小王子有關的所有一切的核心。能了然於此，你就不但能在沙漠中聽到水聲、在夜空中聽到笑聲，你還能找到無數其他的小王子。

你如何能找到你的朋友呢？那些大隱隱於市的小王子們？只要往人性的深淵中看去。在人性的深淵中，能看到自己的倒影。小王子們就隨處都是。但如何能在人性的深淵中看到自己的倒影？只要破除了「常識」的蔽障。當你知道深淵之所以爲深淵，乃是因爲我們誤著了「常識巫婆」的魔法，我們就不怕探頭「往下」看——其實裡頭澄明如鏡，只有小王子的倒影。那裡，就是永遠的小王子的隱逸之地。那就是愛。

沒有愛，沒有湯瑪士．曼所說的「對深淵的同情」，對任何人來說，到頭來，小王子都可能只是沙漠中靈光一閃的際遇。但是靈光之難得是常識使然，而常識之蔽與不蔽，也常在一念之間。因此，崴崴，你長大後，即使《小王子》這本書有一天流行過了時，或流行過了頭，你也未必一定要到《小王子》中去找小王子。他雖然靈光一閃，但也無所不在。只要你看透蔽天的黑幕，看到眞正的星光。

複眼觀花、複音歌唱
——民國八十四年在台灣小說史上的意義

一九九五年是台灣光復五十周年。這一年一方面象徵著半個世紀來的台灣文化發展已到了驗收成果的時候，另一方面種種跡象（如總統大選、兩岸關係等）則又顯示，這一年是台灣文化即將進入新紀元的前夕。能在這樣的關鍵時刻，編選爾雅的年度小說——介入台灣文化發展的最前線，實在是任重道遠而又何其有幸。回顧過去這一年的短篇小說創作，我們雖不敢說，這是有史以來最豐收的一年，但卻可以肯定的宣稱，這是戰後台灣短篇小說上最多樣、也最前瞻的一年。

今年所選的十篇小說，相當能反映當前的台灣社會。但這最麼說並不意味著我相信「老馬克斯下層至上主義」與「小資產階級寫實主義」混血產製的粗糙「反映論」。文學作品與社會的「反映」關係，其實應該指的阿多諾所謂的：作者總會在某種層面上與社會形成互動。

因此，我們還是可以在我們過去一年最傑出的小說中，看到這些優秀的心靈，曾經如何領受以及回應社會的衝擊。

一、後現代思維扎根

從這十篇作品我們可以發覺，台灣小說終於從過去的包袱中破繭而出，給予了自己一個全新的面貌。這個面貌我們可以簡單的稱之爲「後現代」。在台灣「後現代」三個字因爲被過度濫用，而出現意義窄化，甚至有快速「退潮」的現象。因此，以它來描述去年入選的這些小說或者台灣當前思潮的走向，都必須先把「後現代」從通俗與保守的想像中搶救出來，才能進行。

說起「後現代」三個字，最常見的聯想就是，它是與「現代主義」（modernism）相對的思維與文化形式（表現）。因此，只要是現代主義的對立面，便是「後現代」。而最常見的範例往往是通俗文化中「無深度」且極端商業化的表現。這類對「後現代」的理解使得許多人在說起「後現代」時，甚至有點尷尬。而保守的領域更是說時遲那時快的抓住這點，試圖給

「後現代」致命的一擊。上焉者援引哈伯瑪斯，有力挽狂瀾之心，而無一擊中的之力；下焉者結合老馬克斯與孔夫子，道貌岸然而毫無生趣。

但「後現代」沒那麼可怕，也沒那麼無所事事。在台灣（以及在其他社會）對「後現代」所造成的誤解，多半是因爲支持者與反對者都對它的掌握不足，又急於表態（或趕流行，或反變動），因此而造成了「後現代」往往載不了那幾多情緒的僨張，驅至只留下一張「破碎的臉」。

對於台灣這樣原先「大敘事」（grand narrative）的宰制無遠弗屆的地方，「後現代」若早夭，尤屬莫大的損失。所幸我們的作家們畢竟觸角比較敏銳。「後現代」在表面上受到的誤解，並沒有讓他們對於「後現代」帶來的思維的挑戰與創新的可能視而不見。

對「後現代」的誤解主要因爲，類似以「後現代」爲名的觀念既相關又不完全相同，常遭人混淆不清。所謂「後現代」（the postmodern），可以有幾種可能的指涉：「後現代性」（postmodernity）、「後現代時期」（the postmodern era）、「後現代主義」（postmodernism），或「後現代（作）風／表現方式」（the postmodernist style）（雖然這些類別不見得完全互斥，但也都不完全相同）。

他們的意涵與彼此的關係大約可以略述如下：「後現代性」是一種思維的大轉變，與

「現代性」（modernity）相對；現代性植基於「啓蒙精神」（enlightenment），故「後現代性」顧名思義反映的是「反啓蒙」（anti-enlightenment）（更嚴格的講應是「超越啓蒙」）的精神（也就是李歐塔所謂「對最終解放的存疑」，以及對「大敘事的不再信任」）。「後現代主義」指的是一種文學藝術的「表現方式」（form of expression）。在內容與形式上都充分實踐「反啓蒙精神」，但基本上偏向宏觀政治（macropolitics）。也就是說，其所關心的議題仍類似「現代主義」，較著力於普遍性的議題（如人性、語言、主體等），雖然關心的角度不一樣。「後現代時期」則可能指的是「現代性」或「現代主義」（兩者不完全一樣）影響力大幅衰退、「後現代性」或「後現代主義」影響力遽增的時期。至於「後現代（作風）／表現方式」則往往是自「後現代主義」藝術抽離其內容後的純粹形式，常常出現在當代的通俗文化中；運用得宜時，可使日常生活時有驚喜；運用浮濫，則易變成使人誤解「後現代」的頭號惡搞者。

由此可知，「後現代性」是「後現代時代」的主要精神，「後現代主義」的「文化生產」只是其重要表現形式之一，而沾染了「後現代（作）風／表現方式」的通俗文化，則常與「後現代精神」批判取向背道而馳，而屢遭後者的質疑。換言之，狹義的「後現代主義」，當然是「後現代性」主要（但並非唯一，也非處於絕對主流地位）的表達方式，但眞正造成「後現代」之污名化的原因，則常是把通俗文化對「後現代」的挪用與「後現代（主義）」不加區分。

既然「後現代主義」不是「後現代時期」唯一（甚至最主流）足以反映「後現代性」的文化形式，表示還有其他眾多廣爲流傳的思潮與表達，也能反映這個思潮、也屬「反啓蒙」的後現代文化形式。

這些後現代思潮——包括了女性主義、性別論述、後殖民論述、弱勢論述、後結構主義、日常生活論述、資訊理論——的後現代共同特色就是，都是從超越啓蒙的前提——對最終解放與大敘事的質疑——出發。但這些思潮和表達與狹義「後現代主義」也有所不同，其關鍵就在於前者「微觀政治」（micropolitics）的取向。也就是說，它們是把「反啓蒙」的精神，從議論普遍性議題，落實到較爲「社會」的層面。

在「後現代性」涵蓋下的這些各種思潮，以「反啓蒙」爲基礎，在個別的具體議題上，從事瓦解「大敘事」的工作：女性主義針對父權體制的大敘事；性別論述針對性別刻板觀的大敘事；後殖民論述針對殖民論述的大敘事；弱勢論述針對主流社會大敘事；後結構主義針對人文主義大敘事；日常生活論述針對抽象理論大敘事；資訊理論針對舊式傳播理論之大敘事……。

但「後現代性」的基礎歸根究柢還是解構主義的精神。也就是說，在瓦解舊有大敘事的同時，這些反啓蒙的計畫，也貫徹反啓蒙的精神——並無建立新的大敘事的企圖。同時，又因爲不認爲「最終的解放」會輕易來到，因此，它們總是一再的自邊緣出發，進行不斷的解放工作。

當我們這樣了解「後現代」之後，我們就能清楚看出，去年獲選的這十篇小說可以說充分的顯示了，「後現代精神」在我們的社會裡已經在各個角落紛紛扎根。這些小說依其「後現代性」大約可以分成五類：

1對「國族大敘事」的幻滅與反省（情欲與政治；時空差異與政治態度；離散族群的政治認同）

2資訊與後工業時代的宏觀議題（科技資訊、記憶、主體、語言）

3人性的解構（戰爭、生存、人性絕境）

4性別議題（女性身體、性別差異）

5弱勢社群的議題（對同性戀／性異常的壓抑、對原住民的掠奪）

以下，我將就這些作品的「後現代」意涵給予初步的討論。

二、後現代的表達紛陳

國族

台灣小說（以至台灣文學）的包袱中之最，無疑是國族的壓力。也難怪在這次的十篇小說，有三篇都或直接或間接、或顯或隱的觸及到「國族」的問題。而這三篇共同的特色就是對國族大敘事的幻滅或最起碼是「反省」。而且更巧的是，這三篇又觸及的是三種不同身分的國族思考。〈好男好女〉以白色恐怖時入獄、而在最近出獄的（中國民族主義）左翼政治犯爲主角，描寫他在出獄後，面對舊有信念毫無市場時的無奈以及最後的絕望。故事並以時下的青年（從具理想色彩的新左翼知青到只知逸樂的速食少女）爲對比，襯托出在時代的變遷中，大環境中理想氣質的逐漸剝落。李昂的〈戴著貞操帶的魔鬼〉則寫的是台灣民主運動中屬資產階級（台灣民族主義）的這一支。女主角是政治受難者的太太，在先生入獄之後，代夫出征當選國代，並進而成爲立法委員，甚至成爲了受難者堅忍不拔的象徵（如「悲情的國母」）。但也就是因爲背負了這些政治上的責任，她不得不完全禁錮自己的情欲：「她作女人的情愛與性，永遠中止在她三十二歲的那年聖誕夜大逮捕。」作者用「戴著貞操帶的魔鬼」這個兼具同情及些微挖苦的意象比喻女主角，的確對女性在反對運動中爲了「國族」，犧牲「女權」的現象，做了入微的探討。但這篇小說的男主角，卻透露了其中的男性在豪氣干雲、勇往直前之餘，其實也有其內心的憂懼：

> 我怕的是，我們很快會發現，所有的一切都在崩解，過去的犧牲，會變得毫不必要，也毫無意義。當新的時代來臨，妳，還有海外這些人，你們的犧牲……

巧的是，這種心情，正好在〈好男好女〉中男主角的遭遇上獲得印證。這似乎意味著，不論是統或獨的國族論述，都遇到了新時代的挑戰。這兩種時不我予的情緒，都不見得是對特定國族論述的全然失望。

李昂的小說，顯然有意以情欲的深沉來對照政治的無常，自有其女性關懷的獨到觀照。而〈好男好女〉中蘇先生的困境，對該文作者而言則是理想主義的崩頹。雖然年輕人日漸遠離了蘇的情懷，但七〇年代初出生的作者卻仍對之懷著一絲跡近薛西弗斯一般的信念。

〈魚骸〉則是從海外華人的角度，深入探究無遠弗屆的中國民族主義。主角是大馬的華人，幼時大哥因參加馬共而失蹤，致使他對大哥及中國產生了一種奇特的迷戀。但同時（或許因爲他已知道了兄長的命運：並沒有回到中國，而是死在大馬的沼澤中）他自己卻因無法如兄長般狂熱的投入對現代中國的認同，而形成了一種反向的情緒：他來到了「異國」台灣，把自己藏在中國最早的象徵——龜甲——中，以「自慰」了卻餘生。這篇小說中的男主角所遭遇的認同問題，比台灣還要複雜。台灣人自比中國的棄兒，但畢竟與中國關係一衣帶水，有更直接的體認。但就海外華人，尤其是遭受土著排擠的華人而言，由於他們已身不由己的處在「流離」（diaspora）之中，中國則是他們不斷「往後延擱」（deferred/differed）、永遠無法企及的夢。他們一腔的熱血，往往換來的是「中國」對他們的無情（如主角的中學同學「長白山」等人，自願被遣送回從未謀面的中國而不知所終——許多在那些年代回歸「祖國」的華人，都在文革中慘遭迫害）。在兩頭無著又割捨不下（想像中國）的情況下，遁入等於是無生命的龜甲，似乎成了一種的宿命。而殺龜取甲的行爲甚至就成了這類海外華人無奈的寫照。

中國是什麼？台灣是什麼？他們怎樣回答從不同角度呼喚他們的人？這是在後現代精神的觀照下，值得深入思考的問題。

這三篇小說在討論文化認同的同時，也觸及到了另外一個當代課題，就是「變動」問題。變動本來就是必然的。但是在當前的社會裡，資訊的流通、膨脹與汰換，往往是催生與加速變動的主要原因。這三篇小說的戲劇張力，有一大部分是來自對變動的恐懼與無奈。如〈戴著貞操帶的魔鬼〉的男主角曾說：「台灣接著幾年的變化會很大，像我們這樣的人，搞不好離開台北一個星期，再回去，我們是誰、在作什麼都不重要了。」而〈好男好女〉的男主角也正是在資訊所造成的高速與無情的變動中，抑鬱而終。〈魚骸〉的主角的困境看似肇因於地緣，但其實也與資訊有密切關係。主角與他的同學們對中國的了解都來自斷續的資訊（如魯迅、巴金等人的斷簡殘篇）。當變動的世界使他確知無法「回到」他所想像的中國之後（「發現大哥死於沼澤」），他選擇了斷絕一切的資訊。

台灣這已相當後現代化的社會，資訊充斥不下任何先進社會，小說家對此的反省，當不只如上述，僅僅間接提到。這次選入的〈一位陌生女子的來信〉便直觸及此一議題。

資訊、記憶與真實

〈一位陌生女子的來信〉所展開的敘事並無主角，或說主角是形形色色的男人。故事以接到一封不知名的女子來信開始。由收信男性的各種對信的反應，探討「信」這樣的文本對主體的意義。

「給你，給永遠不知道我是誰的你。」小說是這樣開始的。在「人稱學」（deitics）上，「你」當然是任何人都可以塡充的代名詞。但是，這個代名詞的使用同時又具有阿圖塞所稱的「呼喚」（interpellation）的作用。「我」只有在被別人以「你」呼喚的時候，才會意識到自己的存在。這篇小說的開始，遂已隱含把收信者「喚入存在」的意義。但另一方面，被「喚入存在」既意味著離開原先不知不覺、貧乏無味的生活，往往也隱含著「風險」（risk）。一封來自陌生女子的信，立刻可以產生各種各樣的令人不安的（有意思／可怕）聯想。

一封來信可以「重新確定」自己。但一封來路不明的信，「一口氣叫出千千萬萬個『你』的化身」（60-61），而使得「單純的『她是誰』衍生爲千萬個關於『你』的難題」（61）。所有生命中曾經讓你「不安」過的這些難題，遂一一襲上心頭。

一封簡單的信，使受信者的「自我」在過多的資訊與漫漶的記憶之間，成了一個謎團。沒有主格的來信，固然反倒更讓人自以爲成了世界的中心。然而，從另一個角度而言，信本身並無確定的來源，所喚出的記憶也未必可靠，成爲中心就是成爲龐大的確定感的核心。

主角最終的「救贖」（若我們也能就這篇小說談救贖的話），便是從這封來信體悟出，

「世界」是由資訊／文本的不斷累積，所虛構而成。以及相對的自我的不確定性。

〈一位陌生女子的來信〉以信來喚出（眞假難辨的）記憶中關於自己的情欲身世，朱天心的〈上海之夜〉則從另一個角度來挖掘「記憶」與「自我」的關係。本文仿普魯斯特，寫嗅覺對記憶的喚醒，但較前者更深入的，則是對記憶的後設性思考。爲什麼我們會允許那麼多的記憶埋葬或流失？當做者開始意識到：「我們會發現我們多麼害怕那些有意無意被喚醒的眞實記憶，天啊它是與集體修改過並可以示人的記憶是多麼扞格，扞格到彷彿自己是一個叛徒似的」（104），「記憶有限」的意義也開始明朗：生存。我們不能面對太多的眞實，因此，我們簡化、修改記憶。然而，在無法預知的狀況下，無法以理性約束的感官會突然背叛我們，被埋葬的記憶隨之復活。這時候我們或許會發現，這些記憶固然有不願回首的往事，但也有許多是雖不合時宜，卻美麗感傷至極。而且，當我們意識到「死亡」才是「生存」的終極情境的時候，記憶的角色爲之霍然一變：眞正用以超越死亡的竟是不虞匱乏的記憶！

就自我的不確定感而言，〈上海之夜〉與〈一位陌生女子的來信〉的嗅覺頗爲相似。但在因應策略上，兩者卻又風格迥異：後者勇於接受「演出」的必然，前者則維持「老靈魂」對或然的眞實的頑強鄉愁。

人性絕境與人性解構

「眞實」的人性與在道德規範下的人性，其間的差異如何？在〈滄海之一粟〉有更進一步的探討。本文寫在戰時圍城而致資源極度匱乏的情況下，男人都加入戰爭，女性在生計一肩挑的情況下，紛紛以出賣身體爲謀食工具，由於糧食奇缺，居民時時烹煮人肉，甚至殺人果腹也屬常事。故事女主角也不例外。某日，女主角爲事奉公婆出外張羅糧食時遺失幼子。四處尋找未果，悲傷逾恆。在路上因筋疲力竭而數度險成俎上肉，回到家竟又幾遭公婆烹食。最後女主角走投無路，想起自己的親爹娘。好不容易以爲娘家可成爲最後的避風港，竟也不能倖免的滿足了自己爹娘的胃腸。

如論者所言，本篇小說是討論絕境中的人性。全文時空不清，但議題卻是從存在主義迄今一直持續不墜的思潮焦點：人性的「人爲性」（一如其怪誕拗口的語言）。當一切外在規範都失去約束力的時候，人性還存在嗎？難道人性只是後天所強加？若如本文所示，則在黑暗的人世怒海中，那失去的人性就像是愈漂愈遠的浮木吧？不過，話又說回來，女主角對親情的信賴與堅持，則似乎又傳達了某種對人性的鄉愁。或許堅持無法堅持的人性就是人性的偉大之處吧。

性別

〈滄海之一粟〉的另一個值得注意的地方是女性在書中的顯著地位。主角是女性，而且與她一起在外謀食的也都是女性。該文對女性的描寫，固然呈現在絕境中人性的脆弱，但隱隱也有對男性的批判。比如戰爭顯然是男性所主導，而女性起碼還顯現出母愛的不死。

這次入選的小說中，觸及到性別問題的占八篇之多，而且幾乎篇篇都或多或少對兩性關係的社會規範有所反省。但最醒目的當屬楊照的〈溫柔考古〉與章緣的〈更衣室的女人〉。〈更衣室的女人〉寫的是女人對身體的發現所引發的對女性自身意義的再思考。

女主角與先生一直在國外過著典型的新僑生活，直到有一天，她重新開始游泳。游泳使她在無隔間的更衣室中直接與其他女體相對，從而重新發現了自己的身體，而這個再發現也同時意味著對已埋葬的情欲的再啓動（她婚前曾經若有似無的眷戀過的一個男人，曾經約她在湖中游泳），以及對（女性）自我的重新評估（女性的身體原只是老公洩欲的工具）。女主角原先的生活恆是「繞著先生打轉」（91），先生則是一個典型的留學生老公：生活千篇一律、無色無臭；她遂也跟著更千篇一律、無色無臭。在她先生的世界中，她幾乎不是一個獨立的個體，而是一個他生活中必備的零件。當太太從游泳漸漸找回自己之後，先生才終於發現，「長久以來第一次，妻取得了發球權」。（93）他這才發覺，女主角在女更衣室或游泳池的時候，是他完全無法理解、更無從掌握的世界。甚至最後連她是否眞的去游泳都無法確定了。

楊照的〈溫柔考古〉則以「這個世界若沒有了女人」的否定假設，來檢驗女人對男人，以及對這個世界的意義。故事發生在西元六千年左右的世界。主角阿基在無意間獲知考古學界新發現的二十世紀的文化遺址中的文件裡，有「溫柔」這樣一個他們所不懂的觀念（詞彙）不斷出現。阿基對於「溫柔」的好奇使得他鍥而不捨的對它進行研究。並逐漸得知，溫柔的詞彙與「女人」有密切的關係。在當時的世界裡，女人已經絕跡。生殖也爲細胞複製法所取代。早期的學者根據二十世紀前人類殘存的有限資料所做的推論，認爲女人只是「人類（即男人）爲宗教儀式所裝扮而成。後來有些地下學派提出新的解釋，認爲「女人根本不是人」，而是一種與「人」不同的生物。而且曾經在「人類」過去的記憶中扮演最主要的角色。但在沒有女人、不需要傳統生殖方式的社會裡，因爲沒有了「愛」的存在，遂沒有人能理解「溫柔」二字的意義。更沒有人能把「溫柔」與「女人」聯想。（最多只能把它理解成用來「對抗（男）人的一種武器」（51）。直到當阿基面對死亡的時候，他終於找到「溫柔」的「正確解釋」。當他獲悉在死前最後的一到兩年時間，必須凝視同一個影像時，他才體會到除了愛

〈溫柔〉，還有什麼能讓人捱過那種全然的無意義？

楊照這篇小說明顯的有微言大義的企圖，文中那個已經不知愛爲何物的世界裡，學者們對女人的解釋只能以科學與理性爲之，結果總是無法逼近問題的核心，最多只能以競爭或對抗來理解「兩性」關係。似乎這是對我們這個時代的一種反省。而且比較更是以男人爲對象。

弱勢社群

因爲出發點是兩性關係，所以，在楊照的小說中，對愛情的觀照主要集中在異性戀的領域，基本上屬溫柔敦厚的探討。〈星光橫過麗水街〉則是對「正常異性戀」之外的情欲領域的開拓。策略則傾向異色與冷「酷」。

〈星光橫過麗水街〉與〈溫柔考古〉同樣也是科幻小說，前者又加入吸血鬼文類。女主角在情治單位工作，但卻有濃厚體制外傾向。她專門負責以電腦科技破解懸案。某回她被分配的刑案涉及謀殺並支解軍政界人士，犯案者除支解方式極具「創意」之外，並有犯案後留言的習慣。主角非非與電腦合作，抽絲剝繭分析，並透過其他生活中的事件啓發，終於得知這十二樁案件乃是吸血鬼誘惑主角非非所布下的線索。故事結尾時，主角放棄已爲期二十九年「正常化」爲人類的工作，回復其爲吸血鬼的邊緣人身分，並在離職之前殺死其所屬情治單位的首長。

〈星光橫過麗水街〉之類文體是當代台灣文學中的異數，甚至可以說是性別論述中的異數。但這類文體若運用不當，容易流於耽溺；反之，則往往能有強大的體制顚覆潛力。作者類似的作品未必篇篇精采，本文則較能免於自絕於人。故事一方面對軍政等等「男根」（phallocentric）傾向的體制幫凶，極盡諷刺挖苦之能事。另一方面，也對體制內隱藏的邊緣人（女同性戀／吸血鬼）給予高度的同情與承諾。故事並不複雜，但是書寫本身的色澤（尤其是對情欲流動的描述）充分發揮了這種另類論述的力量。

在當前這種商業主宰一切的情況下，情欲的異端或許還有叛逆的本錢。因爲他們可以和流行打成一片，而常受媒體青睞。但處於困境的原住民則因爲幾乎完全沒有媒體與商業價値，甚至比性異端更無發言權。近年來原住民自己的書寫已蔚成氣候（如田雅各、瓦歷斯·諾幹、莫那能、施努來等人），漢人關於原住民的書寫也有增加。可惜去年佳作較少。〈追獵〉是漢人書寫中的少數佳作之一。

本文描寫的正是漢人對原住民的竭澤而漁式的壓榨。故事開始時，我們看到一群以原住民爲主的探勘隊上山探勘。不久，隨行的年輕漢人阿浪就強暴了年已六旬的原住民婦人。故事結束時，大家都當這事沒發生一樣。甚至，老婦人連離去都不敢。這個故事也無太多的戲劇性，但訊息在強烈的對比中，表露無遺。

小說名爲〈追獵〉，表面看似意指原住民長者教導後生傳統狩獵技巧的過程，實則還有同時進行的「漢人追獵原住民」。文中的年輕漢人阿浪是個有殘疾（天生兔唇且可能有性病）、在漢人社會極可能備受排斥的畸零人。他難得被原住民接受，一起工作，而且有老婦人如母親般關照他：

Sayun停下腳步，眼睛直視著阿浪，以柔和口吻說：

「你要好好照顧自己的身體啊！」

日裡她到河邊洗衣服，總將衣物先行分開，爲了不使阿浪的疾病傳染給其他工人。（58）

然而，阿浪一路來到山裡竟是來「獵愛」的。他趁大家出外狩獵的時候，強暴了Sayun。而且事後還威脅她不准離開。這兩重「追獵」的並置，強烈的對比了漢人與原住民的不同狩獵觀。

阿浪的獵愛行爲，暗喻了漢人社會對原住民不但不知圖報（吃台灣米、喝台灣水數百年……），反而趕盡殺絕。阿浪強暴Sayun時，以「金戒指」硬生生套在她手指上，以示愛意，更絕妙的比喻了漢人是如何的自以爲是，硬把自認爲優越的價值觀強加在原住民身上。

而原住民的追獵則是追尋源頭的神聖儀式。他們試圖經由對自然的再認識，重建失去的自我。然而漢人社會會給他們任何機會嗎？Sayun被強暴後的次日早晨，其他人對此事不聞不問，彷彿啥事也沒發生。唯一發表意見的領班，竟只是要阿浪把菜刀找回來。從這把菜刀，我們大概看到了上述問題的答案。菜刀是（漢人帶來的）吃飯的傢伙，但也是用來強暴原住民的工具。換言之，只要經濟的依賴體制存在一天，原住民自主的機會就相當的渺茫。

三、結論

在去年獲選的小說中，只有兩篇是純粹的「後現代主義」式的作品，其餘則是廣義的「後現代」小說。全部的作品都是「後現代」小說，可能會讓人產生兩種誤解，一是筆者有所偏好，只取這類小說。選擇本身有主觀成分自是無法避免。但筆者在選文的時候始終設法照顧全面，對風格類別絕無強烈愛憎於心。嚴格講，這些小說的美學趣味，其實相當多樣，絕對不是一種美學觀能完全統攝的。

至於另外一種誤解則是，如此一來「後現代」應是往往創作的典範。這種看法當然部分是眞。「後現代」的反啓蒙精神既然在我們最優秀的作家的思維中已經扎根，也意味著它在台灣社會可稱普及。因此，它會持續對我們的文化以及世界觀產生影響，自是無庸諱言。而且因為「反啓蒙」的精神是前所未有的「基進」（深入文化的根柢），所受到的阻力也是前所未有的，因此我們主觀上也希望「後現代」能愈戰愈勇、永續發展。但美學上的演變是誰也無法預料、也不希望能預料的事。因此，我們一方面期待「後現代」的精神持續深入（改造）我們的社會，同時也深信小說（以及文學領域的）創作會繼續帶給我們更多的驚喜。

輯三

現代性陰影下的情欲

前布爾喬亞的憂鬱

——賈寶玉和他的戀情

一、本事

賈寶玉的愛情普天下有誰不知？但他不是當今社會所流傳的專情情癡，也不是當前更流行的只欲不情的情欲流動高手。他的情欲確是多方向的流動著，但在意義上卻是形而上的（metaphysical）。也就是說他愛（應說痛惜）的是女人整體，或是由個別女人所指向的女人整體。此外，他與今人另一不同之處是，他也對男人傾心，不過卻限於少數中的少數。因爲痛惜女人的處境，他原是輕蔑婚姻的，但終不免承諾黛玉，最後卻在婚禮上由寶釵取代。黛玉死、寶釵俗、大觀園毀壞等爲背景下的婚後生活豈是寶玉能負荷之重？但死、俗、毀又是命定的嗎？

二、隨想

距今已兩百四十多年的《紅樓夢》裡面，對（愛）情有過這樣的說法：「任憑弱水三千，我只取一瓢飲。」此後，這句話就被當成了近代中式浪漫愛情的始祖。但似乎少有人意識到這句話可能是在壓力下才說出口的。在此之前抉擇的必然性在寶玉的腦中並不曾出現過；寶玉是經林黛玉逼問之後，才給予了這樣的偈語般的「承諾」。而這已在兩者緣已將盡的時分。

「選擇」在情愛生活中是必要的嗎？是什麼理由讓《紅樓夢》塑造了這樣一個人物？他是那麼的純潔，又是那麼的不專心。

寶玉的（愛）情之於一般禮教規矩之內的男女關係，已多有討論。基本上他的情欲與大觀園幾可謂互為表裡。大觀園因他才生意盎然；他也在大觀園中找到生趣。而生趣也者，情欲可以自由的流動。故大觀園對寶玉而言便是一個情欲的空間，在禮教之外（或之前）的情欲能量皆可在此，或以此為媒介無礙的流動。園外屬於男人，園內多為（未婚）女性（甚至大觀園自始就是為女性——元春——而造）；園外成人當道，園內少年為歡；園外屬經學八股，園內唯吟詩綴句——凡此皆可以爲佐證大觀園的「前禮教」性質。但大觀園之爲園林本身就具有「情欲空間」的意涵。園林最初就是做爲另類空間而建。上自帝王下至文人，興建園林的目的，多是爲了能在禮教的拘謹與城市的喧囂之外，有一個可以退處的空間。而且這些空間到了明清，又擁了更明確的情欲內涵。這不但是因爲中國園林在構造上的發展至此已有濃厚的迷宮（曲徑通幽、柳暗花明、別有洞天等等）性質，也因爲明清文人常見的情欲流向——妓女——其接客處所往往也有園林意趣。某種意義上來說，寶玉代表的可能是那個時期許多文人的夢想：在一般囿於禮教的婚姻生活之外，另有慧黠女子在園林中相伴的情感生活。

寶玉就是在這樣一個空間中，得以蜿蜒迤邐而不面對世俗的要求。在這個過程中，寶玉同時也流動著他無所不在的情欲。因此，寶玉對所遇女子稍具姿色者，莫不憐惜甚至心動。黛玉在寶玉心中雖有近乎無法比擬的地位，卻並不會影響到他對其他女性的愛慕。而他對男色的愛戀也未曾特意的掩飾。

雖說情欲未遭規範未必意味著迴避婚姻，但寶玉情欲流動的方式，顯然與婚姻制度格格不入。甚至他之遁入大觀園在象徵的意義上而言，便是衝著迴避婚姻而來。寶玉之所以如此，當然是因爲婚姻制度與成人／禮教的世界實乃一體的兩面，接受婚姻即等於接受禮教的禁錮。因此，寶玉才會認爲婚姻乃是糟蹋女性的制度：對女性因婚姻而不得不靈氣盡失感到欷歔不已；對女性因婚姻而備受折磨更是五內如摧。而守住大觀園則是爲未婚女子留下一片淨土。

如何守住大觀園呢？只有拒絕成長。

因此，在這個與世隔絕、禮教外的異質空間裡，寶玉最終迴避的是時間。他終日無所事事，唯一的活動就是在迷宮中日復一日的盤桓徘徊。線性時間（linear time）在園中彷彿是靜止的，然而，時間豈會爲誰而駐留？壓力終究還是會來到。這就是那句偈語——「任憑弱水三千，我只取一瓢飲」——出現的背景。當情欲流動到一個地步之後，不免需要有宣示效忠的時候。此舉滿足了了黛玉的情感需要，但同時也將她的命運就此封死。因爲，時間一旦入侵，大觀園敗壞遂自此始。

但時間入侵的眞正起點並不在九十一回，而是早在三十六回已種下遠因。寶玉訪齡官遭冷落，遂體悟到他原先以爲自己能盡得各人的眼淚是大謬不然，「從此後只好各人得各人的眼淚罷了」。這個體悟不啻在寶玉跡近於幼兒「以世界一切皆是爲我」的世界觀中鑿下了裂痕。成人世界一對一的異性戀體制已經不可抗力的進入了他的意識，「只取一瓢飲」只不過是大觀園的「前禮教」、「前成人」情欲世界崩壞前最後的認可罷了。

承諾之後，隨之而來的就是婚姻。然而弔詭的是，若接受婚姻，則黛玉必然要變成寶釵。也就是說，任何冰雪聰慧的女子，一旦結了婚便難免日漸世故。故「掉包」在此其實是一種暗喻（metaphor）：意味著時間的不可逆阻，以及婚姻使人世俗化之必然（從女性看男人恐怕更是如此；故寶玉對男性有好感者，僅限於非世俗體制中人，且多有男色傾向）。《紅樓夢》的精深便在於它了然於：如果接受線性時間，「掉包」便不可避免。大觀園的日漸傾圮是無可挽回的命運，寶玉所執著的情欲方式也必遭終結。

諷刺的是，此一最終的掉包也與寶玉對女性的絕對美化有關，因爲這種美化的方式隱含了某種程度的「去性化」（de-sexualize）意圖。也就是說，「性」在本書中，有一種不太被接受的地位。嚴格講，寶玉並不排斥性，曾有過的異性與同性的性經驗也堪稱美好，但性在書中卻明顯的被淡化處理。就性的意義而言，寶玉將之視爲一種詛咒。他雖不排斥性，卻不由自主的把性與婚姻及成人世界視爲一體。性事的最後發展若不是體制化、義務化的性，就是賈璉等人「無情」的性（即《牡丹亭》以降所區分的「情」與「欲」之別）。

性既然常會與成人世界的勾聯如此緊密，拒絕性（雖可能只是在意義上，而非實踐上）便意味著拒絕成長、拒絕通往婚姻之路、拒絕被成人腐化。但若是抗拒成人世界僅此一途，那麼成人世界的反撲也是必然而無法阻擋（此處我們當然必須更明確的區分作者的看法與主角的看法，但無法於本文深究)。

寶玉這樣的情欲反叛，若我們只視爲是針對儒家，就大小覷《紅樓夢》了。此處雖是以禮教社會爲對象，但其領悟則是具有普世意味的。故反叛是針對成人的世界。婚姻之要求從一而終，是年輕而自在的情欲所不能也不應能；而婚姻生活之必須俗世化、體制化，才是情欲的殺手。就此而言，東西文化皆然。

在明清之際禮教趨嚴的情況下，情欲文化(即以妓女或男色爲情欲出路的生活方式)始終是文人得以自禮教喘息的重要機制。雖則文人與名妓酬唱之間，其感情眞眞假假頗難評估，但文人因與名妓眞心相戀而結合者亦所在多有(如明末大儒錢謙益與柳如是即是其一)。

情欲必須鎖死在家庭中，不得稍有偏流，是在布爾喬亞(中產階級)在十九世紀完成對西方世界的宰制之後，才成爲絕對的要求；在中國也是在民國初年受到西方思潮影響後，才形成今日的愛情觀與婚姻制度。從這個角度而言，寶玉的情欲可謂中國在前布爾喬亞時期(即尚未受到西方近代異性戀體制影響前)的文人情欲方式的總結。大觀園的土崩瓦解雖然廣義而言意味著成長之不可避免：情到深處似乎終須走上婚姻一途，而漸漸被世俗吸納；但同時也可謂預言了西方的嚴厲的布爾喬亞愛情觀已鋪天蓋地而來，中國傳統情欲另類空間即將煙消雲散而去。

中國文化沒有愛情？

徐志摩的韻事突然流傳以來，已經有不少論者言之鑿鑿的宣稱「中國文化沒有愛情」。此說是否成立，恐怕是稍用點腦筋的人，都可以自己找到答案的。沒有「愛情」，中國文化是怎麼撐到今天的呢？但通俗文化總是喜歡大剌剌說些聳人聽聞、又理直氣壯得可以的話（比如李安在《喜宴》中現身說法謂：「中國文化（性）壓抑了五千年！」），直叫人除了不停的點頭之外，大氣不敢喘一口。中國既然有五千年文化，就不可能五千年如一日；西方也有久遠的歷史，那麼，西方的愛情觀自也不會向來都是今日的面貌。而且在大眾傳媒主導文化生產之前，西方各文化對愛情態度也非我們想像的一致。

稍微有點中國文化常識的人都知道，中國文化中不是沒有愛情，而是其表現方式比當代流行的愛情，含蓄委婉多矣（但「婉身郎膝上，何處不可憐」的直接，也不遑多讓）中國在受到西方現代性衝擊的時候，難免被其直接大膽所震撼。但是我們可不能忘記，五四時代傳入的西方愛情觀，可是來自西方浪漫主義時期，而不是其後的維多利亞時期。後者的禁欲與虛僞，直到今天都還是無日不被批判與挖苦。但十九世紀下半的保守回潮，在西方並不是特例，否則也不勞傅柯費神撰著《性史》了。另一方面，西方愛情觀的長驅直入，恐怕也與那個時代挫敗感太重有關。否則，自宋的才子佳人小說到明末李贄所發皇的「情的論述」傳統（姑不論宋以前的情的傳統），也是極爲浪漫主義的，未必一定需要外求。然而，在那個年代，甚至於在我們這個年代，「現代性」有如天命般不可違逆，「現代化」也好似歷史的必然，別無選擇。如此，現代化的愛情，豈能排除在外？

上個世紀末的時候，西方雖然掀起了反布爾喬亞（保守）愛情觀的大革命，但布爾喬亞這個以商業起家的階級，早已把這樣的愛情「商業化」：浪漫（主義）早已走味成了言情小說，愛情美食也早已規格化成了電視餐。所以，我們在讚揚西方的愛情時，可要說清楚、講明白：什麼時期的什麼文化中的愛情？在自慚中國沒有愛情的時候，何妨讀點書，弄清楚中國在五四前，沒有的是西方布爾喬亞的愛情。

最後一個問題當然是，布爾喬亞的愛情就一定更「好」嗎？大概只能說比較適和布爾喬亞的口味吧？你若不是小布爾喬亞，就未必一定要人云亦云囉。

誰壓抑了你的情欲？

在當代關於性別與情欲的討論中，「壓抑」（repression）是一個很重要觀念。當然，關於性壓抑的討論非自今日始，但自佛洛依德以來，此說才廣被採納。西方的當代思潮不論與性別有否直接關係，多少都會用到此一觀念。這套理論生於西方、長於西方，用來反省西方文化，頗有鞭辟入裡的效果。性的激進主義在西方社會爲性的自由開疆闢土，也功不可沒。於是，也有不少論者將戰場轉移至其他非西方社會，包括台灣、中國，以至新加坡這些華人社會。關於中國文化性壓抑的說法，從民國初年中國與現代性初次邂逅就已甚囂塵上。沒想到在二十一世紀的華人社會，這還是個依然勃起的議題。君不見中國有電影《菊豆》、小說《等待》，新加坡有女學生在美國以拍攝A片創連續做愛金氏紀錄來挑戰「中國傳統之性壓抑」，台灣也有陳雪等作家與熱鬧滾滾的「同玩節」，而這一切似都可以用李安那句「五千年的性壓抑」輕輕鬆鬆總其成。但是在民國初年已經策馬中原的議題，何以能歷百年不衰？是時空錯亂？還是台灣／中國文化眞的不知長進？或還有其他有以致之、卻不爲人知的原因？

首先，在問「性有沒有壓抑」之前，可能要先問「若沒有壓抑會不會有性」？也就是說，在「壓抑」之前是否有一個沒有壓抑的「健康的性」。在當代西方這是有爭論的。佛洛伊德似乎認爲性有本來面目，但傅柯則反對「壓抑說」，認爲性是一種建構。換言之，依傅柯的說法，沒有壓抑就沒有性。因此凡是有性的文明就必然有壓抑，與文明「古老」與否無關（而且那個文明不古老？），只是也許壓抑的方式不同罷了。中國或印度這種工藝（technology）發展得早的文明固然禮儀繁複，非洲原始部落之「禮儀」也有其特有的繁複方式。只要禮儀繁複，性就不會是粗糙的直來直往。而性的快感相當程度而言，也是來自於對壓抑的踰越。反之，則快感難免需要更重的劑量來刺激；重劑量的性刺激的正軌化主要還是西方把性商品化後的產物。

如此觀之，中國就不可能是唯一「性壓抑」的文明。而且在許多情況下，中國文化對性的壓抑反而遠不如西方。西方直到近代（如英國維多利亞時期或美國早期的清教文明）都還曾強烈禁欲（可參閱名著《紅字》），其人神共憤的程度，連中國早期社會都難找到可堪比擬的例子。而對於同性戀的壓迫，中國社會顯然也遜色西方許多；比如，台灣可曾像英國在公廁中抓同性戀的？（記得喬治．麥可嗎？）上述當然都與西方宗教的禁欲特質有關，也因此歷來踰越的企圖既多且猛，包括定期洩洪用的「嘉年華會」。

壓抑問題在於過度，過度便易於導致暴力傾向而造成壓迫以致傷害。但當代第三世界過度壓抑的現象，其罪魁禍首未必是本土，更可能是西方。試問台灣社會關於性別、情欲與婚姻的觀念（迷思），是來自二十世紀初的多，還是來傳統中國社會的多？

然而，各種千奇百怪的情欲方式四處橫流，並不意味著情欲漸次解放中，而應視爲對壓抑的踰越。但被踰越的對象往往未必是傳統，而多半是布爾喬亞價值。但踰越的行爲本身的動力，則來自較新的，所謂後期資本主義的布爾喬亞價值。也就是說，商業社會不斷改變著性的方式——從接受傳統的方式，到可依個人意願行事。但其實後者也納入了另一種規矩中，只不過這種規矩更隱而不顯的藏匿在資本主義體制的消費喧囂之中。

所以，性壓抑的問題，不必擔心。我們要關心的毋寧是情欲方式被壟斷時的集體性壓迫。但這種壓迫來源可要明辨：是一百年來襲自西方的冥頑的布爾喬亞價值，而非貞節牌坊。

《臥虎藏龍》中的「性哲學」

美國《時代》雜誌早在幾年前，已經因爲楊紫瓊在「○○七」中擔綱女主角，而宣布文化全球化時代的來到。對許多觀察者而言，《臥虎藏龍》在好萊塢的成功，更明確的標示了台灣在全球化的風潮中，已經搶得了一席之地。最最台灣風（或「中國風」）的武俠故事，能在最最美國風的奧斯卡得到殊榮。誰能說這不是一個全球化的範例？

《臥虎藏龍》的例子似乎不但象徵著台灣文化已經找到了進入全球化場域的方法與媒介，也同時說明了全球化的公義面：只要你行、你有料，那麼全球化必然會接受你。

全球化的進程（不論是文化上的或是經濟上的），如果眞是如此之充滿善意、如此之公義正直，那麼全球化就不會受到諸多討論——我們只需要尋找單方面打入全球化的策略，而不需考慮內容或方向的問題。而且策略也不至於太複雜，只要針對好來塢（以及美國的傳媒）不就結了？但策略與內容是必須配合的。也就是說，在全球化的過程中，我們（當然「我們」

是複數的）難道不能主觀的希望台灣／中國文化被如何的了解？

讓我們再回到《臥虎藏龍》，看看透過這部影片我們是如何被了解的。《臥虎藏龍》中的主要軸線是由兩對愛侶——李慕白／俞秀蓮與小虎／玉嬌龍——所構成。這兩組人構成了一個簡單明瞭的對比：前者比喻漢人情欲文化，後者比喻少數民族情欲文化；前者優雅但保守，後者則自由而奔放。而李慕白對玉嬌龍的曖昧情愫，則多多少少指出了老朽的中國文化的自救之道：必須開放的接受來自異質文化的刺激。

這樣的對比所本乃是有關於中國文化之情欲內容的通俗想像，但通俗想像與事實之間的差距卻往往不可以道理計。傅柯以「情欲藝術」（ars erotica）名之的中國情欲文化不但淵遠流長，而且自古以來始終蓬勃發展。包括傅柯、高羅佩在內的許多西方論者都認爲，中國傳統文化在情欲的表達上遠不如西方壓抑；對性行爲若有所隱藏，往往是爲了增加情趣，而不是如西方認爲情欲是齷齪不潔的。相對於漢人，少數民族固然可能有「壓抑較少」的表達方式，但這並不表示，少數民族一定就毫無「規矩」可言（即使被我們認爲是處於「野蠻人」階段的部落社會也都有嚴謹的性的規範，只是表達方式不同罷了）。而其所謂「較健康」的情欲表達方式，也可能對其認爲「不健康」的方式加以壓抑。滿人對漢人的情欲表達方式，大致說，便有這個現象。

中國的情欲文化雖在明末達到了高峰，卻恰恰是在滿人入關之後，才受到有史以來最嚴重的壓抑。清在康熙一代即三度下令嚴禁淫辭小說，康熙後禁令亦未曾中斷。此舉對明末以來大盛的情色文化，造成極大的傷害。有清一代禮教嚴峻的狀況，甚至可說是滿人統治所間接（或直接）造成的。

因此，在《臥虎藏龍》中的這個關鍵的「滿漢對比」可謂無稽之談。

從王度廬原著一直到李安的電影，對這樣的一種通俗想像都習以爲常，或熱切召喚，且這種想像甚至於在學院內部也都四處流竄。之所以如此，沒有貫通中西的比較視野固然是大問題，但根本原因還在於，自鴉片戰爭以來，尤其是五四以後，反傳統主義的流毒所致。

反傳統主義簡單的把中國文化等同於「裹小腳、八股文、大雜院、貞節牌坊」（胡適語），西方文化等同於「天上的人造衛星，海底的核子潛艇」（殷海光語）。而海峽兩岸的威權與專制統治，則再一次強化了五四以來的反傳統迷思：逕把傳統文化與「專制落伍反人性」等等畫上了等號，也難怪後人對傳統文化不甚了了，甚至於鄙夷有加。

《臥虎藏龍》中的「性哲學」，不外是這種思維下的產物。此中所體現的是西化知識分子兩種一體兩面的心態：對中國文化的「無知的不滿」（如認爲當代傖俗的漢人文化乃是中國文化之代表，而不細究這些傖俗究竟是因爲傳統文化太多抑或太少所致），再加上文化失落感中所醞釀出來的「浮淺的鄉愁」（如認爲武俠世界乃是中國文化的精髓，而不知有更豐富有趣的傳統文化）。

但這樣的反傳統思維，正好是好來塢的最愛。好來塢的「眞理」就是在「東方／西方」、「現代／傳統」、「好人／壞人」這些簡單的對比下，完成了君臨天下的工作。我們如果是這樣的把自己的文化予以「全球化」不知是禍是福？

從好來塢進行全球化是一著險棋，可大好也可大壞。儘管有人會說這是「一腳踏進門內」（one foot in the door）的「先進去再說」策略，但「進入體制」的意義必須是多重的，否則體制就無法改變了。當前的全球化論述對所謂「中心」過度的著迷，認爲不經過中心就無法出頭，不啻又複製了早期現代性中所誇言的「普遍歷史」（universal history）觀。不錯，全球化時代的來臨的確讓這種西方中心的史觀看似又向前邁進了一步，但這並不意味著「在地」（the local）已落得只能委曲求全，事事必須以西方的角度來了解自己、搬演自己。但更重要的是要體悟：在地與中心可以有不同的關係，在本土也可以有與中心協商的「不同」機會與模式。如果全球化的成功與否，就在於進入好來塢與否，這就不叫全球化，而叫「好來塢化」了。全球化的意義就在於，臥虎藏龍之地，所在多有，何必去「好來塢」？

蛇的現代化

——情欲與生命的起伏

蛇，在西方人常識性的想像中，大半與邪惡有關。國人當然也深有同感。然而，別忘了這只是人類經過漫長的理性化過程之後所形成的心態。事實上，不論在西方或中國，蛇總是具有正負兩種相反的意義，尤其是在早期人類的想像裡。

談到蛇在西方文學（獻）中最早的記錄，一般人總會想到《聖經》。其實在《聖經》之前，埃及人、閃米人（今阿拉伯人與猶太人的祖先），以及希臘人，早已有各式各樣的關於蛇的神話與傳說。

歷史最悠久的蛇的意象，應該是以「優羅伯羅斯」(uroboros)圖形出現的蛇。所謂「優羅伯羅斯」就是一隻蛇咬著自己的尾巴，所形成的環狀圖形，這個圖形通常的含義是「圓滿」與「永恆」。如「曼陀羅」(mandala)或太極圖等具有類似含義的圓形或環狀圖形，前身都可能是「優羅伯羅斯」。它所象徵的「圓滿」與「永恆」的狀態，一般指的是世界尚未創造生成之前的狀態。但是，由於人類追求的終極目標與最初的圓滿狀態有密切的關係，因此，這類圖形往往又被用以象徵生命中所能追求的最圓滿境界。

蛇既有「永恆」與「圓滿」的象徵含義，自然又由此衍生出許多相關而彼此牽連的含義來。比如「生命力」、「生殖力」、「再生能力」、「治療能力」等等。西亞早期的住民便有以蛇爲中心的「生殖儀式」(fertility rites)。聖經中摩西以銅蛇治病，就是這類儀式的殘跡。希臘神話中信使神何米斯(Hermes)得自阿波羅的枴杖「卡都色斯」(Caduceus)，具有神奇的療效，杖頭上便刻著兩隻糾纏在一起的蛇。這兩隻蛇一方面含有蛇本身所屬的「治療」與「再生」意義，另一方面，又與阿波羅的兒子，神醫艾斯庫拉皮斯(Aesculapius)有關，因此，在後世，這個枴杖的圖形遂變成了醫生的象徵。

在希臘神話中，許多與土地、生殖、再生有關的神祇，往往也與蛇有關。如兼爲土神、月神及生育之神的亞特米絲(Artemis)，冥王之后兼再生女神波絲鳳妮(Persephone)，兩者手中都握著蛇。兼爲酒神、春神與再生之神的戴奧奈色斯(Dionysus)，則在頭頂上纏著蛇。冥府之主宰在不同的說法中有不同的神，其中之一女神優里弟絲(Eurydice)便是蛇神。

蛇不但本身具有這些神祕珍奇的力量，牠也是各式寶藏的守護者。除了前述那些力量以外，它最常守護的對象，是「神聖之樹」(Sacred Tree)，比如「金蘋果園」(Hesperides)就是由優里弟絲的兄弟，蛇形的拉登(Ladon)所守護；傑森(Jason)尋找的金羊毛，也是由一隻多頭的怪蛇所守護（不過，這類的蛇更常被稱爲「龍」）。但是蛇所守護的寶藏落入人類手中之後，往往會帶來「不幸」。比如，巴比倫神話中蛇形的土地之神「艾—恩—其」(Ea-En-Ki)所守護的寶藏是人世的奧義；一旦人類獲知，死亡也隨之成爲人生的一部份。

但蛇的反面意義也早已有之。蛇做爲反面角色的時候，其威力亦強大無比，在一般狀況下，有諸多詭異的能力。一隻蛇能使人「誤入歧途」，兩隻蛇糾纏在一起的時候，則可以改變人的性別。在奧維德(Ovid)的《變形記》(*Metamorphosis*)中，先知泰瑞謝斯(Teireisias)在還沒有獲得先知能力之前，有一天在路上看見兩隻蛇在交配，他打死了其中的母蛇，隨後自己竟變成了女人。七年後，他又路遇兩隻蛇在交配，他適時打死公蛇，才又變回男身。後來，希臘主宙斯與老婆海拉(Hera)爲了男與女在性生活中，到底誰獲得的快樂較多而爭執不下：宙斯認爲是女人，海拉則堅持說是男人，並指出這就是爲什麼宙斯成天在外拈花惹草的原因。於是，他們找到了泰瑞謝斯來主持公道，因爲他男女的生活都體驗過。泰瑞謝斯直言女人快樂較多，海拉聞言大怒，立刻把泰瑞謝斯雙眼變瞎，但宙斯爲了報答他的支持之功，遂給予他先知的力量做爲補償。在這個故事裡，蛇以牠的情欲內涵而跨足了男與女的永恆戰爭。

當更多的蛇聚在一起的時候，其力量更足以致命。最有名的蛇群，當然是希臘神話中女妖美杜莎(Medusa)那滿頭的「蛇髮」。眼光與美杜莎的眼光接觸會使人變成石頭，甚至致命。這種要命的力量雖不是直接來自她的蛇髮，但是卻與它們密不可分；美杜莎照面致命的能力，使她無人能近。後來，波修斯(Perseus)要狙殺她的時候，也絞盡腦汁才想出一道妙計——以盾牌中反映的影像，來掌握美杜莎的位置——才得以在不直接面對她的情況下，順利斬下她的首級。波修斯後來把美杜莎的首級嵌在女神雅典娜(Athena)得自宙斯的神盾「伊吉斯」(Aegis)上，使得持有該盾的人，能在不穿盔甲的情況下衝鋒陷陣而毫髮不傷。

在希臘神話中，蛇也常被當做打擊對手的武器。比如說，當海拉得知宙斯化做天鵝，強暴莉妲(Leda)，使其懷孕之後，妒火中燒，於是派出巨蟒派森(Python)追逐莉妲。幸而莉妲所懷的雙胞胎，並非泛泛之輩——一是太陽神阿波羅，一是月神亞特米絲。阿波羅一出生，就把派森勒死。

另外一隻有名的殺手蛇，出現在木馬屠城的前夕。當時，特洛伊城(Troy)內的阿波羅祭司賴奧孔(Laocoon)因爲阿波羅的暗示，而對木馬感到疑心。一心要屠城的女神雅典娜，爲防計畫被破壞，便派出一隻巨蟒（一說是兩隻）把賴奧孔與他的兩個兒子，活活纏死。賴奧孔的死，在後世也成了一個很重要的文學藝術題材。尤其經德國批評家來辛(G・E・Lessing)用來討論文學與繪畫雕塑的分際（也就是到底文學這樣的「時間藝術」，與繪畫或雕塑等「空間藝術」，在表現賴奧孔臨死前的絕望與悲痛的時候，各具何種優勢與限制）之後，更吸引了無數文人的注意。

希臘神話中有許多半人半獸的動物。其中也有一個叫做蕾米亞(Lamia)的半人蛇。蕾米亞原本是埃及國王貝路司(Belus)的女兒，因爲宙斯愛上了她，以致善妒的海拉施法把她的下半身變成了蛇形。蕾米亞悲憤之餘，把怨氣發洩在陌生男子身上：先以美色勾引，之後再露出原形，把驚惶失措的獵物吞食。

但蛇的負面形象雖年代久遠，但其污名化則始於伊甸園的典故。這個故事可以看成是遠古時候蛇被賦予的兩種角色——知識之神，以及樂園守護神——結合後的變形。表面上與巴比倫關於「艾—恩—其」蛇神的神話呼應，但爲了配合基督教（猶太教）教義，守護神聖的知識之樹的蛇，竟已淪爲誘使人類採食知識之果的「魔鬼」；人類服食知識禁果之後，被逐出樂園，從此進入生老病死，憂心勞形的塵世。西方之蛇大概就在這個時候，走入了純粹負面的歷史。由於這個故事本身的內在矛盾與衝突，（如上帝與魔鬼，知識與痛苦間的關係），使得後世文人對它甚爲著迷，並且還有人爲它作翻案文章。米爾頓(Milton)的《失樂園》(*Paradise Lost*)就是其中最知名的作品。

但西方對蛇的象徵意義予以積極的重估，則始於浪漫時期。這個重審工作與西方對現代性的重審可謂一體兩面。西方自《聖經》開始對異端能量的打壓，到十八世紀時藉現代性之名臻至高峰，而浪漫主義則是對現代性的反動之始，蛇的原始意義的重新開發也是其中重要的一環。

浪漫時期詩人濟慈，根據羅馬人菲羅斯特拉圖斯(Philostratus)所記載的蕾米亞故事的版本，寫成淒美的長詩〈蕾米亞〉，便是一例。詩中描寫蛇形的蕾米亞雖被囚禁在克里特島上，但是她的魂夢可以四出遊蕩，碧落黃泉無所不至。有一次，她的魂夢在柯林斯(Corinth)地方的馬車大賽上，看見英俊的利修斯(Lycius)一馬當先跑在最前面，當即一見鍾情。但是蛇身的她卻只能在山林的囚籠中，嗟嘆度日。某日，信使神何米斯偷偷離開奧林帕斯山，來到克里特島，尋找傳聞中的一名傾倒眾生的山林女神，遍尋不著之際，巧遇蕾米亞。由於蕾米亞正好是該名女神的守護者，她便以提供女神行蹤爲交換條件，讓何米斯把她再變回女人之身。回復人身後的蕾米亞，立刻在利修斯必經的路上等他，利修斯一見到她，也驚爲天人，兩人遂即陷入熱戀，利修斯並準備在柯林斯迎娶蕾米亞。但是蕾米亞只希望與利修斯在塵世外廝守，而不願與他行塵世的婚禮，因爲她知道，利修斯的老師，哲學家阿波隆尼斯(Apollonius)定會從中作梗。但她拗不過利修斯，只好求他婚禮時不要邀請阿波隆尼斯。然而，婚宴進行不久，阿波隆尼斯不請自到，為的是要拯救利修斯脫離蛇精的蠱惑。他用兇狠銳利的雙眼，目不轉睛的盯視蕾米亞，使她逐漸喪失美麗人色，最後終於在尖叫中消失。然而，在那一剎那，利修斯也隨之斷魂。

本詩呼應神話中以蛇為情欲(passion)或生命力的象徵，故事裡哲學家對蛇的鎮壓，也明白意指理性對情欲的壓制。濟慈最後明白的表示了他的立場：情欲一旦死去，人生亦無多餘意義。這首詩與流傳中國民間的《白蛇傳》故事，有許多有趣的同異，值得深入探究。

二十世紀，佛洛伊德與榮格(Jung)的深度心理學問世以來，「潛意識」因為其中所含蘊的人格眞相，以及生命力，而日漸受到重視，以致常被用來象徵「下界」(underworld)或「潛意識」的蛇，也開始在文學作品中，獲得翻身，重新被賦予正面的意義。勞倫斯(D.H. Lawrence)的名詩〈蛇〉(*The Snake*)就是一個典型的例子。這首詩描述的是，一個人正要到水槽取水，恰好有條蛇在水槽中「飲水」，於是，他便在一旁等著，因為「有人比他先到」，而且，他還興致盎然的在一旁觀察它的行動。然而就在同時，他的內心響起了「教育」的聲音。「教育」告訴他，這隻黃色的蛇是條毒蛇，應該立即處置。於是，經過一番內心的交戰之後，他不知不覺的撿起一根木塊，朝蛇扔了過去。剎那的滿足過後，他便開始對自己的行為感到羞赧，並且遺憾因此錯過了與「生命的主人」(lord of life)交通的機會。

這首詩與濟慈的詩可謂前後呼應。濟慈談的是理性對情欲的壓制，勞倫斯談的則是理性（教育）對於自然（及其生命力）的壓制與疏離。這首詩是勞倫斯人生哲學的體現，也是現代主義的代表作之一。

勞倫斯另外還寫了一篇叫做《羽蛇》(*The Plumed Serpent*)的長篇小說，這是他晚期最具野心的一部小說。在這部作品中，勞倫斯以墨西哥爲背景，點出爲了挽救墨西哥（此處象徵全人類），我們應該回到未被過分理性化的現代文明所污染的印地安文明（即原始的生命形式與生命力量）中，尋找再生的契機。書中印地安文明的代表，就是他們以「羽蛇」爲中心的「生殖儀式」。這本書中並沒有蛇的角色，但是象徵黑暗與生命之神的「羽蛇」卻是本書眞正的主角。

經過這一連串嚴肅的討論之後，我們不免開心的想到，在《小王子》(*The Little Prince*)這本書裡面，也有一隻比較可親，而且意義沒有那麼沉重的蛇。「小王子」是法國作家聖・修伯里(Saint Exupery)膾炙人口的中篇小說。其中「成長小說」的意義相當完整：小王子經由對布爾喬亞化的人世的閱歷，而找到了超塵脫俗的日常道理。故事描述在某小星球獨居的小王子，因爲無法了解園中唯一的一朵玫瑰花何以竟日埋怨，而離開旅行，希望能藉此學習了解人世。拜訪過若干充滿象徵意義的星球，窺得現代性底下人世的扭曲之後，他掉落到了地球上。在地球上他第一個碰到的就是一隻蛇。蛇告訴小王子，哪天他想回家的時候，只要讓牠咬一口，就可以迅速返抵家門。故事結束時，小王子終於了解他那朵玫瑰的心思，強烈的懷念使他找到那隻蛇，讓牠咬了一口……。看過《小王子》的人都知道，這並不是一個悲傷的故事，這隻蛇也不全然就是壞人；就像伊甸園中那隻蛇一樣，牠的提議開啓了另類的可能。伊甸之蛇因此締造了人類的文明，小王子的蛇朋友也可以說小有功勞；要不是牠，當我們仰望夜空的時候，怎麼會覺得每顆星星都在對我們笑呢？

輯四

在權力的迷城

三國權力狂想曲

——解析《三國志》風潮

過去幾年間《三國演義》在日本的流行，也帶動了台灣對它重新點燃興趣。一時間，漫畫、廣告、電玩、電視、管理、政治等各種領域彷彿無三國不能成一家之言。

我們爲什麼需要三國？三國的魅力在哪裡？

做爲歷史的三國的魅力已有其他時期歷史所未及者。它有極爲曲折動人的故事情節，極爲豐富的文化表達，極爲多樣的人性可能。故其魅力能跨越時空國界、歷久不衰。

此外，「分久必合，合久必分」可能更是三國魅力的核心。先看「合久必分」。有分，（新的）故事才能開始。分代表可能性的乍現：從此天下是大家的，唯有各憑本事，儘管各取所需。但分又有不同形態。三國與眾多的二分天下之間的差別想必是相當明顯的。二主要是對抗與喊話，要進入三才有大量的合縱連橫與細緻的權宜謀略；二是敵我分明，進入三才有各種糾纏不清的愛恨情仇。所以，進入三才是眞正進入多的狀況，才有群雄並起、逐鹿中原，故事才能時而披肝瀝膽，時而爾虞我詐，時而橫槊賦詩，時而兒女情長。

但同樣是多，三國與五霸七雄之別，又有點學問。三雖是多的開始，也同時是多的原型。三國雖已是多國，但仍然在可掌握的範圍之內，每一國都可以充分在焦距之內。故事的線索也較能收放自如。

另一半原因則在於「分久必合」。在三國的故事裡，參與者除了少數趁亂打劫混水摸魚的雞鳴狗盜之徒，更多的所謂英雄之輩莫不以「一統天下者我」自期。但三國的故事迷人的地方就在於，理論上，三方若是勢均力敵的話，三國會形成一種類似超穩定的狀態，一統相對的也比二分甚或五霸七雄之類狀況更難（這點電玩設計者的理解應不下於史學家）。

但是，當然，更重要的是，上述這些三國的迷人特色若沒有羅貫中，恐怕無法克竟全功。是羅貫中把三國文學化之後，其人物才如見其人、事件才如經其事，從此三國才變成了家喻戶曉的隱喻之書，並進而成爲中國，甚至東亞文明盤根錯節的集體潛意識的一部分。

然而，這本豐富的隱喻之書對當代的讀者來說，卻往往成了一本單純的權力的隱喻之書。分是權力的瓜分，合是權力的一統，各種人物的往來、事件的發生，都成爲權力運作的註腳。換言之，不論商業或政治領域對三國的新挪用，都以尼采式的「權力之意志」爲基礎。對這些人而言，一統天下雖是最終的夢想，若能在亂局中小有斬獲，見好就收，也同樣被視爲一種局部的一統天下，後者且能有一種隔岸觀火的沾沾自喜吧。

由此可知，三國在台灣最近的受矚目，是很可以理解的。泛商業化的社會對權力捷徑需求孔急固然人盡皆知，而泛政治化的思維更是無日不以權謀爲己任。這便是何以在台灣，人人都需要《三國演義》。

以三國內容之豐富與讀者之普及，幾乎任何時空的的政局，都可以在其中找到隱喻及啓發。但不論借古諷今或以古推今，都已經進入文學／虛構的範疇，主要是想像力的發揮，不復「歷史」。這就好比看《推背圖》一樣，對未來的詮釋總與主觀願望貼近。故誰是董卓，誰是曹操，並不重要，重要的是誰在做這樣的比喻、爲什麼。就好比說誰是摩西並不重要，重要的是誰在做這樣的比喻、爲什麼。

但羅貫中在想像中面對三國的變局時，他爲我們提供的，絕不只是簡單的權力鬥爭完全手冊而已。他藉重寫三國史所呈現的是一種文化性的視野：一種對人性固變、世事分合的深沉參悟。

大亨小弟、統派獨派一起迷三國，當然對三國是一種恭維，但三國不只是精采的歷史，更是永恆的文學；不只是權力的隱喻，更有其他取之不盡、用之不竭的面向。權力欲的鄙陋是無法輕易把偉大的文學囚禁的。

「愛情摸頭學」導言

——浪漫與權力的共構

當愛情褪色的時候，我們悵然若失，因爲浪漫已經不再。誰想到過事情會演變至此？最初的時光從來不曾有過任何的徵兆。但如果最初就是個「謊言」（學術的說法是「表演」）呢？如此大哉之問，讓人覺得不免又是一個擾人美夢的理論。然則，美夢易醒又總是因爲不能面對理論的尖銳吧？

愛情的美好與浪漫的程度成正比。但浪漫來自何處？我們又如何判斷浪漫與否？當然是良有所本。大眾傳播已經爲我們寫就了太多浪漫的劇本，不擇一演出往往需要超凡的意志力與想像力來抵擋其他演出者的壓力。

浪漫到了一定程度，則必然要生出「永遠」的承諾。而對一般人來說，什麼是「永遠」——要是沒有婚姻？所以在明山秀水之間轉了幾圈，浪漫的愛情神話竟又回到了中產階級的私有產權與父權體制的繁殖律令的深宮中。在深宮大內，一切都必須在私密的狀況下進行，因此，愛情關係中的交心時刻，是不容他人竊聽的，否則愛情的謊言／表演何以爲繼？

黃義交周玉蔻何麗玲這樁半夢半醒之間的事件，就是因爲在深宮中，有人竊聽。所以在這個事件中眞正的殺手當然是安排竊聽的那位高人，既毀滅了情敵，又懲戒了愛人，更贏得了廣大沙豬群的稱美。但此人雖摧毀了愛情神話，愛情的神話並未因她而死，她悖離父權體制的行爲反而更強化了父權體制的運作。對周黃二人而言，她逼使他們面對不宜面對的眞相，有如希臘神話中的蛇髮妖女「美杜莎」，讓人不知死所。但對父權體制而言，她在事發後不強予出頭，不疾言厲色，反讓廣大的沙豬群鬆了一口氣——顯然並非每個女人都想做武則天——而全然忘記她垂簾聽政的事實。

黃周二人之所以爲何所擺布，乃是因爲何深諳遊走父權體制縫隙之理：不把永遠／婚姻放在心上。黃周二人皆以懷孕爲手段，企圖確保永遠／婚姻，也自然爲浪漫愛情神話以不同程度掌控而不自知。但對何而言，她遊走的目的是要從婚姻制度（父權體制）中牟利，那麼體制的瓦解當然非她所願見。所以她必須保持「會結婚」的可能性，以利動員。換言之，她謀殺浪漫，只是爲了讓自己成爲新時代的浪漫代言人；揶揄父權，不過是要父權更加疼愛她。

然而浪漫浪漫，到底它何德何能，讓世間男女爲之神魂顚倒？對愛情的渴望雖有心理的基礎，但浪漫的需求從中產階級與父權邏輯來看，就再清楚不過的「權力」兩個字了。這就是爲什麼「泡名人」這件事也讓「有爲者」深盼「亦能若是」。「名人」也者，握有某種權力，而成爲大眾傳播的寵兒，但成爲媒體寵兒之後，權力的氛圍又更增長，如此因果互生、相輔相成。因此，泡名人的過程雖然比一般小男小女的愛情必然浪漫數十數百倍，但畢竟無法掩蓋其權力本質。「我當了部長，你就是部長夫人」才是長相廝守的終極意義。但以如花美眷驕其同儕、以巨室良人獲得一生一世的安全感，固然是在權力邏輯中運行，一般小男小女對溫柔與剛健、保護與被保護這類「兩極化」關係的期待，難道不是早已權力得不得了？因此，即便在「小狗之愛」純純的浪漫中，即使看似無條件的犧牲奉獻，也已蘊含了對權力的期待，且更容易受到善玩權者的玩弄。比如就清大這位同時與四位女生來往的男生而言，雖曰「涉世未深」，但顯然對「摸頭哲學」頗有鑽研，否則這種老大、老二、老三、老四的階級體系，若沒有晉升的「希望」存在，如何能讓各人相安無事？如此，洪姓女生殺害情敵的行徑在某種意義上而言，也可說是「受壓迫者」的反抗。只是本來可以有點意義的反抗，在浪漫神話的誤導下弄錯了對象。受害者同樣是「受壓迫者」，而不是壓迫機制的根本——曾姓男生以及他所要弄的浪漫愛情神話。洪姓女生要是迄今還不能參透這點，那麼她在這個事件中就等於是白白犧牲了。除了沙豬群可能會爲她的「爲愛犧牲」的淒美以及「疼惜男人」的義氣點頭稱好之外。

浪漫的愛情神話其力量無遠弗屆，連冷靜如張愛玲縱然深知「先讀到愛情小說，後知道愛」是顚倒人生，都不免在有月亮的晚上，回答她的女性同學說：「我……就只有你了」。更何況一般凡夫俗子如你我？

要能破網而出，不受浪漫愛情神話的羈絆，必須牢記：不要回顧最初，要知道心跳的那刻本也來自表演；不要期求永遠，要知道不能協商變動的永遠不過是愛情的早夭。但是，浪漫還要不要呢？若能心輕如燕。

教育如何自由？
——校園寫真化與演藝化

師大學生解放身體、以眞示人，往往引起的是一種舊的情緒——學生豈可如此云云；而某艷星入中學傳道授業則帶來了新的恐慌——不知這股趨勢將伊於胡底。面對這種校園新形勢，新近常有兩種自居另類的因應方式：其一是從「自然」的角度出發，肯定自然就是正常、自然就是美。其二則從相反的一端，也就是「表演」的角度出發，認爲表演就是正常、表演就是美。前者的教育哲學根植在浪漫主義式的自然主義/個人主義中，認爲減少人爲干預、一切回歸自然，則教育的成功必能水到渠成。後者或多或少以後結構主義爲師，完全否定有所謂自然，故強調只能在依存體制的同時，以「學步」（表裡不一）的方式對其進行游擊式的顚覆（「祕密剋」）。

這兩者的企圖心皆有可肯定之處，也都有針砭現狀的可能性。但是對事理的簡化，以及對體制結構性力量的輕忽，可能反而強化現狀，尤其是以理所當然的「生活方式」面貌出現的資本主義體制現狀。

前述校園事件從「自然」的角度來看，便無須擔憂：畢竟人只要追隨「內心的呼喚」，就能苟日新日日新，而止於至善。故相當程度而言，這種想法認為「存在的就是合理的」；從「表演論」出發，則也無需特別擔憂，反正存在雖未必合理，「抵抗」卻俯拾皆是。任何配合體制的做為本身已包含了抗拒在內，因為每個人的配合方式必然各自不同，當然也與體制的要求不完全相同。

這兩種角度出發的文化觀其共同點是，都無視於「社會」不但是一個權力的場域，而且其中仍有某些居於主宰地位的結構性力量，尤其是位於根柢處的資本主義商品化力量。前者把「放任」解釋為自然，結果就是任由以商品化為主的宰制力量對年輕人進行無止境的洗腦。後者則雖然深知權力宰制是事實，但對於宰制的深度及廣度認識無乃太淺，對於單一個人的「表演」對（資本主義）體制所能產生的抗拒能量也估計過高。其結果往往一樣是為資本主義體制的商品化力量作嫁。

由此可知，前述校園異象（以及日前研究生以科技犯罪的事例），都是其來有自，但於今尤烈。其根源即在於資本主義價值在不知不覺中已成了台灣社會的價值基礎——從電視新聞綜藝節目化，到領導人四處誇耀台灣富甲天下，到通識教育以技術課程（如珠寶鑑定、飼養寵物）充數——在在都說明了資本主義商品化邏輯已經全面主宰了台灣社會的價值領域。

因此，對前述校園商品化新形勢若仍以泛道德主義的方式譴責，而不求深入其所隱含的現代性或現代化的根本問題，不但無補於事，反而讓這些現象因爲戴上了「現代」或「進步」（因爲資本主義的價值總是反傳統的）的光環，而更無人敢攖其鋒。另一方面，後現代思維的反現代性傾向，本可對現代性的流弊有釐清作用，卻因爲專注於瑣碎細節，以致減弱了從根柢處進行宏觀（macrological）批判的能力，往往弔詭的助長了資本主義價值的隱形化與自然化。在台灣這種沉迷於現代化（包括時髦的後現代風潮）的社會，資本主義價值的深入拓殖，尤其被視若無睹。傳統與現代的問題在台灣不再被提起，非但不意味著問題已被克服，反而佐證了現代性的陰暗面在台灣的全面勝利，及其積極面的潰不成軍。

這其中的理由與近代中國面對西方現代性時的挫敗如出一轍：只見其表層的好處，而無法深窺其堂奧。比如公私領域的區分可謂現代性的骨幹思維之一，但卻始終未被嚴謹實踐。在過去，台灣社會公私領域的界線向來模糊不清，其原因除了一般第三世界的共同困境——一方面有前現代社會的以私爲公的陋習，另一方面又有源遠流長的以公抑私的機制（如傳統規範壓抑個人意志）——還要再加上威權體制中政治力量對私領域的侵犯。如今政治力以公害私的狀況雖有改善，但又產生了政治信仰以私害公的現象（即公共領域被各種政治信仰所壟斷：如「二一〇〇」之類脫口說節目）。但泛政治化的以私侵公現象，其深層動力還是資本主義追求最大利潤的商品化擴張企圖。

前述學生拍寫眞與邀請艷星到校演講，便都是商品化擴張所造成的以私爲公的現象。在公私分明的現代化社會，個人私下想做什麼，旁人其實無權過問。一旦進入了公共領域，就必須接受檢驗：比如拍寫眞集而大肆宣傳，其目的眞是要爭取「身體自主權」，企圖對社會整體產生建設性影響？還是只是假此進步之口號，行兜售（清純學生／未來老師）肉體之實？又如學校社團邀請艷星，美其名曰切磋演技，但何以是此人非彼人，顯然有其他的（尤其是廣義的商業上的）考量。

反省上述「校園商品化」的現象，出發點並非衛道主義，而是期許教育與「商業價值」畫清界線：不宜假學習之名，行媚俗之實；也不宜假自由或顚覆之名，爲商業效命。故學校面對此商業不斷入侵的新形勢，當務之急是要積極與學生展開對話，以期經此培養學生的思考能力，重建公私領域的分際。思考的訓練在於兩方面：一是「去自然化」，以揭露「自然」所掩蓋的各種權力徵逐的眞相。另一則是在承認自然乃是假象之餘，卻不輕言放棄結構性的認知企圖與改革努力。面對資本主義價值的無孔不入，尤其需要雙管齊下，才能有鬆動其操控的可能。教育單位或文化評論者面對價值商品化時，若只知呼籲順其「自然」，或過度誇大其顛覆成規的價值，極易助紂爲虐而渾然不覺——資本主義體制能發展不墜，所憑藉的本來就是「製造自然」與「顛覆成規」的本事唄！

短暫而虛幻的陽光

——彩券與資本主義

在經濟的嚴冬中，在一切都唱衰看壞的狀況下，出現了公益彩券。對許多人而言，這豈是「冬天的陽光」一詞了得？在無人知道這艘經濟之船漏洞有多大的情況下，人人朝彩券趨之若鶩幾乎是無庸置疑的；改變個人命運的彩券，也儼然成了逃離集體命運的渠道。

更多人相信這不是一時失志，而是長期以來的賭性堅強。此說雖然有理，但台灣之好賭還是要從資本主義體制的本質上來了解。「暴利」是資本主義社會的本質。而獲取暴利的過程也猶如賭博。前一秒鐘的富豪，下一秒鐘就可能因爲投資不當而成爲路人某甲。於是，資本主義體制發展的過程中，如何把獲利變得可以預測便成了一門大學問，換言之，「如何賭贏」已成了資本主義的最大執念。

但能否賭贏並不全靠學問（或天賦或努力），許多時候，其實是不同的社會條件（如關係與家世）造成了暴利的可能與不可能。對升斗小民而言，財富的過度集中於某些人只證明了一件事——自己沒有足夠的社會條件參與「無賭之名的賭」。在這種情況下，最和平的翻身方法就是有賭之名的賭了。

故資本主義社會必須要打開賭的善門，讓所有在社會不平等中受到挫折的人們，能有一絲翻身的希望，以免社會陷入不穩定。故賭更必須體制化，比如股票市場。而國家機器所設立的彩券，當然是資本主義體制的終極保鑣。這樣的活動，既有嘉年華會的效果，又能成為反社會力量的安全閥。

但在金錢暴利掛帥、精神價值淪喪的資本主義體制中，個人心理層面對賭的陷溺早已積重難返。人若無法從精神層面肯定自己，只好從物質層面與命運的對弈來另尋證明。賭是不信邪，不相信幸運之神不眷顧我。命運多乖的人尋找翻身的機會固然在此一博；平常為命運恩寵有加者，最終用以證明自己的得天獨厚，恐怕也須是賭運了。因為，人生雖也是豪賭，努力似乎總會有一定程度的回報。但面對眞正的賭時，努力與否，與結果全沾不上邊；此時命運的力量才能見眞章，能戰勝它才顯示自己確然是人上之人。

但並不是每一個資本主義社會都樂賭不疲——這就觸及了台灣比較獨特的地方。在一個制度健全的社會（尤其是社會保險健全的半社會主義國家），所有與風險與暴利相關的活動

（包括股票市場在內的各種投資行爲），相對而言賭的色彩較弱。在台灣這樣制度不健全、是非以意識形態論斷，故徒有資本主義社會之弊而少其利的地方，風險與暴利的可能性則從商業領域氾濫到了其他各個領域。從投資公司、大家樂、股票熱潮以來的種種現象，只是「賭已成了台灣魂的核心」的事實最表層的體現罷了。

台灣從財富分配平均程度排名全球前十名，演變到今天貧富差距鉅大的情況，說明了這個社會已經進入了惡性資本主義的發展階段，但爲政者對「金主」的依賴卻於今尤甚。當這些「白金人士」在我們的天空中呼風喚雨、在我們的海面上喊水結凍的時候，彩券變成了一種無可奈何的救贖：這些「愛國」的升斗小民何以不能用行動證明他們也能對「公益」有所「貢獻」？

故我們也許不必苛責買彩券的人，甚至不必批評彩券的設立。只不過，資本主義冬天中乍現的陽光，必然是短暫而虛幻的。絕大多數心中或身體受寒受凍的人們，終須與夢幻泡影相伴挨過歲暮。但最起碼錢是被拿去做「公益事業」去了，而不是進了能掌握各種「致富管道」的富人荷包。

我愛快速
——從人本主義到人類中心主義

行政院決定關建淡水沿河快速道路與李總統重視文化新聞的呼籲，乍看似乎顯示出政府內部認知與步調的矛盾與不一。前者視文化爲無物，與後者之殷殷期許大相逕庭。然則我們也可以有另外兩種不同的詮釋。其一：其實淡水快速道路的內涵亦以文化爲重，因爲那是以尊重人（的生活權）爲其終極考量。其二：其實兩案都富於反文化暗示，甚至可以說反映了當前政府相當統一的反文化心態。這三種觀察中，第一種顯然未經深思，僅得其皮相。第二種或自詡有哲學基礎，但實則是西方自啓蒙時代以來過度發展的人文主義之末流。第三種觀察在我們這個風雨如晦、人文凋零的年代，恐怕才是暮鼓晨鐘。

上述三種觀察往往混淆不清，起因於對兩種似同實異的「人文主義」或「人本主義」未能詳加辨析。談人文主義者往往以尊重人或人性爲出發點。但對於人是什麼的不同認知，卻可以在「尊重人」的實踐上形成極端的差異，甚至反而對人任意踐踏。人雖俗稱萬物之靈，但卻不是萬物的主宰。西方人文主義在以神爲中心的中世紀之後再次受到肯定，固然有其匡正時弊之功，但不幸的是，嗣後西方文明逐漸發展出人可以取代神成爲萬物主宰的思維，也就是當代思潮屢屢論及的啓蒙思潮。啓蒙思潮發源於西方中產階級的特殊利益，強調理性萬能、科學至上、分野必然，其結果就是「現代化」迷思籠罩一切思考，資本主義成爲普遍生活模式。文化遂變成了在唯科學主義（scientism）的冷峻分析與資本主義的掠奪爭鬥之餘，偶爾用以通便祕與助消化的工具，不再與生活息息相關，也喪失了與自然相輔相成的韻致。同時，藝術的領域經如此劃分之後，也意味著「文化」自此也變成了特定階級的禁臠。

這樣的人文主義（嚴格講應稱爲「人類中心主義」（anthropomorphism）其實對具體的人全無尊重。因爲啓蒙思維強調理性，容易偏重抽象的人，輕忽，甚至不接受人存在上的差異。其結果當然是偏愛縱容少部分被認定具「代表性」的人（比如圖利特定階級或特定地區或當代住民）。如此過度膨脹人在宇宙中的地位，最終免不了踏上社會達爾文主義（social Darwinism）的歧路，視「權力支配」的結果爲物競天擇的「自然運作」，反而使「人」退化成不知同情體恤爲何物的低等生物，對社會徒然造成反人文的傷害。在諸如七股工業區的爭議中出現的口號「是人重要還是鳥重要」，所反映的就是這種「侵略性人文主義」的具體表現。而「行動內閣」劍及履及的自期相對於好官我自爲之的政府，容或有正面意義。但在淡水快速道路的「快速」處理上，卻令人對政府這種「侵略性人文主義」的反文化行動感到心驚。效率不等於文化；文化以效率相求，更是假文化之名摧折文化。就淡水快速道路而言，除了反映了第三世界國家對現代化（美式汽車／汽油文化）的盲目崇拜之外，更凸顯了現代化的美名之下，其實不外是資本主義的醜陋邏輯——特定財團在淡水地區的重大利益。至於李總統強調文化新聞的重要性，看似有意重塑文化的社會地位，但其指導心態（要文工會約束三台）與速成心理顯然同樣重複著現代化迷思——以少數駕馭多數、以政策改變思維、以「快速」取代文化的偏執。

可見台灣政府的文化觀深陷於啓蒙思維的「人類中心主義」。這種定義下的文化是以現代化程度來判準。既然如此，自然就不是文化，傳統也不是文化，經濟不發達更沒有文化可言。一切在現代化的大型怪手前都得退讓數十分，甚至土崩瓦解。

但文化是一種「心靈的境界」。眞正尊重文化的人文主義是知所進退、有守有爲的人文主義。這種思維把人與環境的關係視爲有機、互利，並謹記環境只有一個，任何輕微變動都可能因蝴蝶效應同時對環境與人類造成無法挽回的傷害。如此一來，尊重人的生活權就不是放任人類以「不斷發展論」對環境做無情的掠奪，而是維持人類與環境的和諧關係，以便所有階級、各個地區、世世代代的人都能享受環境。這種理解下的文化不反現代，但反「現代化迷思」對自然與傳統的踐踏與圈圍。如此，則文化就不是在快速道路上與車陣共舞，也不是在門禁森嚴的總統府與身分同「樂」。而應是與傳統渾然一體，與自然互相呼應的一種生活方式。

曾經被高架橋擠得透不過氣來的北門，好不容易才掙脫枷鎖，如今淡水快速道路又將以現代化之名，摧折淡水人因爲開路早已所剩無幾的文化質感與生活權利。而且接著還會有更多爲「快速」而對文化施暴的案例：北市環東快速道路即將搖撼故宮，南橫快速公路更「必須」穿越台灣最後一塊處女生態區……。我們難道一定得在「快速」中耗盡我們僅存的文化資源（自然、傳統、對人的尊重等）後，才能證明我們在這塊土地上有「生活的權利」嗎？

從九一一到九一七

——風險社會與災難想像

耶路撒冷的爆炸案，再一次的告訴我們，全球化的時代已經來到。但是它是乘著黑色大鳥的翅膀、鋪天蓋地而來。

從九一一雙塔傾倒，到九一七東區淹水，到一二〇三耶城鬧區爆炸，我們看到的是城市在根本上的脆弱。城市的建立原本就是企圖以人工的秩序取代自然的律動。如此建立起來的秩序，自始都蘊含著一種「圍城」的自我想像：想像威脅城市的力量始終盤踞在城市四周，甚至早已混進城市內部。城市的建立就是排除「外人」的過程，而建立之後則不斷處於「外人」終將破門而入的焦慮中。「外人」可能是乘著飛機而來的第三世界恐怖分子，也可能是未經馴服的自然力量；但它若是假冒「自己人」混在我們之間，其結果就更令人不安了：因爲其結果不就是各種各樣的耶城爆炸案嗎？

然而，城市的自我想像既是建立在「排除外人」上，則必是選擇性的、是具階級屬性的、是資本主義媒體的產物。故面貌多樣、參差不齊的城市之「眞實」與此想像必是不符合的，也因此必是上述想像眼中的「贋品」。這種眞實與想像之間的差距與緊張，可追溯到人最根柢處的原始創傷，也就是社會化而產生的眞實自我與想像自我之間的分裂。

因爲這個內在分裂所造成的焦慮，城市隔時就必須進行清除雜質與贋品的工作。西方古時的「代罪羔羊」就是這樣來的；中國的「送瘟神」亦然。但近代中產階級更是念茲在茲要泯除這個「想像」與「眞實」分裂的狀況，於是就有了波希亞所謂的「搶救眞實」（其實是搶救想像）的需要。好來塢的電影更是送瘟神的現代版本；經由一次又一次的「送瘟神」的儀式，城市的中產階級得以撫平其災難焦慮、確認其幻想爲眞。

馴至當眞正創傷來到的時候，城市的主人便也只會援引好來塢文本中的策略來應付：揪出壞人，將之正法。稍一不愼，揪出壞人的焦慮就會演變成獵殺巫婆的集體歇斯底里。

這種好來塢式的「正義」在「後殖民」與「後冷戰」的雙重改變之下，變得益發不易。後殖民時期，前殖民地的人民因經濟原因大量湧入西方各國，而致外來與本土、「劣品」與「上品」，變得不再容易區分。而冷戰結束之後，尤其是柏林圍牆這個象徵界線拆除之後，「壞人」更如水銀瀉地般的混進了「自由世界」。西方再也無法像過去辨認越南、蘇聯、中共等首惡一樣，輕易辨認各種各樣的賓拉登。然而這不過是回到了這個世界的本來面目。因爲「眞實」本來就不是一種標籤清楚的商品，而是人生根柢處的創傷，是一種人性內在的「黑暗」。但創傷之所以變成了黑暗，是因爲我們不願意面對它，不相信人在根柢處是分裂的。於是，我們（尤其是第一世界）將之排除與壓抑，發配到想像中的人性的或地理的邊疆。但最後它總是會以「外在邪惡」（如賓拉登）的方式回頭反撲。如此觀之，我們不都「向來已是」賓拉登？因爲他不是「別人」，而正是那個我們不願面對的生命核心處的創傷。

掩飾這個創傷的企圖自古有之，但布爾喬亞社會因對現代性盲目崇拜，而特別熱中此道。布爾喬亞現代性所秉持的「人定勝天」的精神，對於「人爲秩序」有無限的狂熱，因此對不符此秩序的人事，一概以蒙昧無知視之，並視彼等之改造與教化爲己任。不領情者，則一概打入無可救藥的恐怖分子之列。這，就是殖民主義的起源。

因此，要處理「恐怖分子」的問題，恐怕得從我們的內心去找問題的源頭，唯有分裂的內在能夠和解後，「外在邪惡」的本質才得以釐清。就回教世界對美國的敵意而言，美國就必須誠懇的反省並明確的認識到，這是美國爲了確保自己能維持自己是上帝的選民、有權獨享美好生活的幻想，而肆意剝削與糟蹋第三世界的結果。故雙塔事件說得粗糙些便是回教世界的下層人民向美國討債。耶城的爆炸事件同屬此類對美國或西方的激進討債，只不過更加凸顯了恐怖分子無所不在、眞假市民無法區分的窘境。而東區淹水則是盲目的現代化進程，長年把自然當成「恐怖分子」（如基隆河之氾濫），所招致的大自然的討債反撲。

城市是一種你我已無法擺脫的生活形態，而且對人類也有相當的解放意義，不必一定與壓抑與排除完全等同。但當前城市的形態所呈現的乃是現代性崇拜的極致也是事實。故城市要人性化就必須去除其現代性的魔障，收束其「人定勝天」與「人定勝人」的狂妄衝動。

進一步而言，在全球化局面已然形成的今天，現代性所造成的「風險社會」已把全球變成了一個單一的「風險世界」；誰也無法確知雙塔事件會在何時何地重演，正如同我們無法預測臭氧層會在誰家的天空上破洞一樣。因此，做爲資本主義先鋒的城市更有義務帶動（國際與國內的）第一世界反省並調整其與（國際與國內的）第三世界的關係——從舊殖民主義到新殖民主義、從早期西方經濟肆意發展到全球化情境下的經濟強權結盟、從教化野蠻民族到打擊恐怖主義——以俾能從獨霸轉而謙卑、從獨占轉而分享、從掠奪轉而償還。慈悲心的全球化，才是眞正的全球化。

若不能去除心魔，則外在的「魔鬼」豈能有除盡的一天？人也就無緣還原成爲眞正的人。

【附錄】

新世紀的文化願景

談到世紀的文化和願景，先必須對我們目前文化的狀況，提出反省與檢討，以便為未來文化發展的方向提供新的思考。首先我們要問的是，現在的文化有什麼問題？現在的文化所呈現出來的問題小自摩托車開上人行道，大到污染、黑金，每一個人都可以說出很多。但我們要談的是不只這些細節，還要探討這些細節背後的原因是什麼、什麼原因造成這些現象。

在談文化有什麼問題之前，又還要問什麼是「文化」。我們先從文化不是什麼談起。在坊間一般有兩種對文化的錯誤認識：有些人認為文化只是藝術，將文化窄化為美術、古典音樂、現代小說、現代詩等。另外一個錯誤的看法是，文化是一種可以隨意清除或移植的東西，比如說，我們可以用「灌輸」的方式提供給一個完全沒有文化素養的人，或者我們可以在一個完全沒有文化基礎的社會中創造出文化。這兩種理解對文化都有所扭曲，也易對文化活力造成傷害。如果文化被認為只是精緻藝術，那麼社會的關注和資源就會集中在這個方面，難免將文化其他較生活或庶民的面向忽略掉。如果把文化看成違建一樣，可以隨時建隨時拆，則文化發展無法扎根，很容易陷入一種文化的虛無的狀態，因爲，沒有任何深刻的文化可以建築在空白上。

文化的發展一定要有深厚的基礎，而且也沒有任何一個社會是沒有它原來的文化可做爲基礎；要發展文化，一定要以原有的文化爲基礎繼續發展。以中共的文化大革命爲例，這事件原先並非沒有理想色彩，但問題就在於他們對文化的觀念犯了上述的錯誤。也就是，認爲舊文化可以被革掉，再從零開始發展一套全新的文化。這當然很天眞的文化觀。文化如果那麼容易就清除，則新的文化也就很容易流失。文化是一種累積，不可能隔天就清除，也不可能隔天就長出來。文化必須假以時日、必須細水長流，慢慢發展、慢慢累積。

換言之，可以在我們生活中體驗的、實踐的，才是有意義的文化。例如，我從小在漁村長大，非常喜歡看歌仔戲，歌仔戲對我來說是生活體驗、自動自發的、一輩子的東西，日後我也許不常有機會接觸，但一旦看見，當初的感情就會回來。在生活裡有體驗、有感受的就是眞實的、血肉相連的、有感情的，換言之，文化必須要變成我們內在的一部分，才是有價值的文化。書本教的若只是知性吸收，多半也只能知性保持，但如果是你從小體驗的、實踐的生活，比如像廟會儀式，雖然理性上未必能接受，但如果是生活方式，實踐本身就會讓你對它形成感情。情感的文化才是眞正的文化，透過抽象方式吸收的文化是比較淺的，透過情感，也就是體驗的、實踐的才是眞正會落實的文化。而且更重要的是，如果有感情才會重新去思考。再以廟會文化爲例，我們對它有感情，才會思索，原先以所謂「理性」對廟會文化做出的判斷是否正確，甚至還能問出更根本的問題：西方現代性所標舉的「理性」是否是絕對的標準（這點我們回頭會再細談）。總之，對我們最有意義的文化必須是體驗的、實踐的文化，而不是透過書本學習而來的。我們必須從這些角度切入，文化才有可能發展、生根。

確立了文化是什麼，接下來我們就比較容易了解台灣目前的文化有什麼樣的問題。現象大家都看得到，即使每個人所見都並非全面。但基本的病因在哪裡？一般人動不動就把一切當代社會的問題，歸諸於前現代文化（也就是傳統文化）的餘毒，但我認爲這如果是眞的，也是最不重要的原因。常聽說我們的傳統文化有許多不符合時代需求的成分，像權威、迷信，甚至不民主等等；推到極致，幾乎所有社會問題都來自於傳統。小的例子如有些父母很霸道，要孩子依循自己的期待走，就常被認爲是傳統文化的餘毒所致。大到如以前戒嚴時期的政治體制的威權屬性，也常被認爲是傳統文化的一貫作風。其實很多這類的觀念，到底是來自中國傳統文化還是西方中產階級的文化，是値得我們討論的。我個人認爲西方中產階級的思維對我們當代社會的影響，遠比中國傳統的影響來得大，在其他第三世界社會情況也類似。事實上，從民國初年以來到現在，我們接受西方中階級思維已有百年之久，到現在一般國人的思維與價值大都來自於西方，對傳統的瞭解也因爲教育體制及內涵的西化而僅剩皮毛。

當然這裡所謂的中產階級與台灣所說的中產階級並不一樣。台灣的中產階級主要是以財富來描述的，西方的中產階級則是特定歷史時期的現象。西方在十六、十七世紀出現了商人階級，這些商人因爲有錢就想學貴族附庸風雅，之後又想要有權力，因此，中產階級就跟國王聯合起來對付貴族，所以有西方民主制度中的上議院、下議院的出現；這是國王用平民來制衡貴族的一種體制，後來中產階級的價值觀就慢慢變成西方社會的主流價值觀。今天我們所知道廣義的文化，包括政治、經濟、法律的觀念大都來自於西方中產階級。譬如說我們現在對婚姻的看法，與其說是中國傳統，不如說是從西方社會的小家庭制、自由戀愛觀而來；又比如說，我們認爲藝術是獨立於生活之外的，是博物館的、音樂廳的；認爲國家一定是民族國家、有嚴密戶籍系統與經濟系統等；認爲對財產是目前這種形式的私有制……幾乎我們對生活中所有重大面向的看法，都是來自西方中產階級文化，與我們傳統的看法並不一樣。

所謂西方中產階級文化，換句話說，就是「現代性」的文化。然而，現代化的文化雖然對我們的社會有正面的意義，但也有許多負面的影響。比如說，功利取向、價值僵化、西方中心、理性崇拜過度誇大人在宇宙間的主宰地位等，甚至於帝國主義與殖民主義也都是現代性的產物。但我們在接受這些看法時，其中的缺失我們也照章全收了。剛剛提到我們當代文化中的威權成分、保守成分，與其說是中國傳統文化的價值，不如說是來自這些負面的西方中產階級價值，雖然中國傳統文化像任何的文化一樣，也有不合時宜的成分。也就是說，我們常歸咎於「傳統」的問題，其實往往來自現代性，這樣的理解對於反省台灣的文化問題，有關鍵性的意義，甚至我們可以說，現代性崇拜是台灣文化病徵的根本原因。

大體而言，台灣文化的的三大問題——盲目現代化、過度資本主義化、泛政治化——都直接扣緊現代性，相當程度而言，也可以看做是第三世界突然受到現代性衝擊的一般性產物。

首先是「盲目現代化」的問題。現代化的過程由西方開始，並且經過幾世紀的時間慢慢演進，故對西方而言，現代化並不是突然出現的，而是文化內在的轉變。所以現代化對西方而言，不是橫的移植而是縱的繼承，因此他們自現代化所受到的衝擊遠小於後進國家。後進國家因爲受到現代性突如其來的強大衝擊，而且多半是經由帝國主義的強權之手，所以在心理上、生活上，在政治經濟社會等層面上都有很深的創傷、很大的挫敗，因此他們通常會急急忙忙想要現代化。但愈急思考就愈混亂，而出現許多盲點。回顧我們與西方接觸以來的歷史可以看得很清楚這類盲點。比如說，雖然有人認爲我們可以中學爲體、西學爲用，但是有更多的人覺得中國那一套沒什麼用、不要了，一直到現在很多領域中都還有強烈的全盤西化的企圖。這樣的現象現在還看得到，比如很多人認爲要國際化，小學一年級就要學英文，爲什麼要學？因爲好像不學就趕不上這個世界。但到底什麼東西趕不上呢？多半的說法是要加強競爭力，簡單的說就是做生意的能力。但其實眞正趕不上的反而是觀念的「現代化」，而不是經濟的現代化。也就是說，關於「現代化」的觀念——尤其是對現代化的反省——遠遠趕不上西方的發展，因此才會有許多人還是停留在一百年前那種不全盤西化就沒有希望的思維裡。像目前這種教小學生英文的構想與方式，就是全盤西化，而不是選擇性的吸收西方文化。總而言之，像這樣怕跟不上現代化腳步的焦慮從來沒有消失過。

盲目崇拜現代性的結果，最直接的後果便是反傳統的心態與實踐。從五四到現在的知識分子，多數都有這樣的情結，故往往都站在反傳統的第一線，傳統則留給了他們眼中的愚夫愚婦。因此，重新在根本處檢討我們對現代性或現代化的盲目崇拜，絕對是在面對當前文化危機時最正本清源的做法。如果我們能理解到，所謂「現代化」也只是一種片面的生活方式，那麼，我們才有可能消除這莫須要的焦慮，看清文化多元發展的意義。

盲目現代化再深化，就變成了過度資本主義化的問題。在台灣或很多的後進國家都有這個問題，覺得現代化就是資本主義化，這是非常嚴重的錯誤。在西方，對資本主義體制或價值的反省，都很努力要把資本主義所產生的問題降到最低。我們幾乎沒有這一類的思考。所謂過度資本主義化就是過度的商業化、功利化，這就會讓我們對文化產生貶抑性的看法：不賺錢的東西就不重視，看不到的東西就不重要，但是眞正的價值都是看不到的。資本主義相當強調個人主義、強調功利和算計，因此會有很多價值的扭曲，比如認爲名和利才是成就、才是價值。全盤西化是一個問題，過度資本主義化是一個更嚴重的問題，因爲當前資本主義化的問題已經很少被談到，資本主義價值往往被自然化、隱形化。像現代的許多年輕人卻認爲念書是爲了要賺錢，在這種狀況下，人文科系自然念的人會變少，藝術活動若沒有商業價值也不會被重視，但是一個國家文化的高低卻是由人文與藝術的表現來判斷，沒有人文成就的國家，即使科技水準再高，別人也不見得會認爲你是有文化的。

在以前威權時代政治讓人窒息，現在威權力量雖然消褪了，資本主義力量又進來了，而它的高明宰制又比威權政治更有滲透力。資本主義的社會常會予人非常「自由」的假象，事實上這只是一種高明的宰制，如果我們順著這種「自由」的邏輯過日子，那麼我們就是接受宰制而欣喜若狂。因此，如果我們不想讓資本主義無情的肆虐我們的文化領域及其他領域，就要對資本主義的價值做反省與制衡。比如，就青年學子的教育而言，威權體制下的灌輸式教育固然無法讓價值在人格裡生根，當前的教育若完全放任而不強化老師與學生間的互動思辯的過程，就是讓年輕人被資本主義無情的肆虐，內化的價值不過就是商業價值。

除了全盤西化、過度資本主義化，另外還有泛政治化的問題，也就是文化價值透過政治手段，變得是非顛倒、黑白不清，比如說，在台灣的威權時代，講到台灣文化就被認爲是台獨。現在威權消褪後卻有反過來的現象，例如吃檳榔是不好的，但被民粹主義認爲是台灣文化的一種表現，而變得不可以批評。總之，由於政治力的介入，會使得文化的發展發生極大的扭曲。更糟糕的是，泛政治化純粹以有無代表性或正港性來選擇文化，更造成了文化的窄化與空洞化。

比如，有些人一談到台灣文化，立刻就要與「中國」畫清界線，但是文化資產如果這樣對待，受傷害的還是台灣文化自己。界線畫得愈清，文化愈貧瘠化。比如，媽祖這樣深入民間的宗教文化，難道因爲跟中國有關就不是台灣文化？東港祭王船每年請來的神都有大陸某一省的籍貫，這又該怎麼辦？其實只要不泛政治化，從文化的角度來看，一點問題都沒有。文化認同與國家認同本來就不必要疊合，也不必用國家認同來扭曲。沒有任何一個文化可以孤立發展，與傳統文化畫清界線就是自廢武功，全世界沒有看到成功的例子，有的只是失敗的例子（如土耳其、越南），更何況傳統文化本來就是兩岸所共有的資產，爲什麼要妄自菲薄，拱手讓人？

面對上述三大問題既然都來自現代性，我們自然應該貫徹當代的基進文化思考對現代性的重審，配合重構傳統文化與現代生活的有機關係，以同時在個人與制度層面補救現代性的缺失。

事實上，拋開現代性的眼光，我們對傳統文化的看法會完全改觀．只是我們對傳統文化不太瞭解，而且老是用西方——尤其是過去的西方——的眼光看它。因此，看文化時要避免用一種草率、反文化的態度對待它；我們所擁有的文化資產非常多，俯拾皆是好東西，絕對不是五千年所有的文化都是渣宰。會認爲傳統文化不好，遠因是十九世紀末遭遇現代性後的挫敗感，近因則是把威權體制與傳統文化等同，而不是對文化本身有深刻了解後的結論。更重要的是文化是一個立體、多層次的東西，絕對不是電視連續劇所演的古裝戲五千年來都一個模樣，各地區族群的文化也都不一樣。因此，文化重建工作最重要的工作之一，就是重新理解傳統的眞實面貌。

傳統文化本身的問題並不嚴重，眞正的問題在我們對它的態度。如果我們不及時搶救這些傳統，我們就會變成空白的人。比如，目前台灣的建築被批評爲毫無美感，爲什麼？那是因爲我們的建築美學沒有與傳統美學銜接上，而是從西方的建築美學移植過來的。但西方的建築美學有它文化的基礎，所以西方當代的建築不管表面上對傳統的態度如何，總會有意識或無意識的以它為參考。而我們所移植的是西方現代性的文化，並沒有它的基礎，於是，雖然是依樣畫葫蘆，有時還是畫不出葫蘆。這幾年稍微好一點，學西方學得比較有模有樣，但這並不表示文化已經生根了。

所以，文化若不可能憑空創造，傳統的重新認識就具有中樞的重要性．但傳統的再創發，必須透過生活，當傳統文化有機會與當代生活結合，才是有傳造意義的傳統文化。換句話說，如何把傳統用新的語彙推廣之外，更重要的是其中的禮俗意義。傳統文化對生命有一種獨特的虔敬，在現化的社會中，過度工具理性化的人對生命的虔敬，大量的被對金錢與物質享受所取代，才會出現各種價值的混亂與虛無。那麼，找回對生命的虔敬是刻不容緩的工作。

由此觀之，資本主義價值滲透到各個領域的問題，其實傳統文化仍然最好的解藥。每個社會的前資本主義文化總有一定程度對自然與生命的敬意，因為這些社會必須依賴自然生存，漢人傳統文化中那種「萬物靜觀皆自得、四時佳興與人同」的境界，或原住民文化中的與大自然的敬畏與親和關係，都是資本主義體制所缺乏的視野與胸次，因此，資本主義體制的缺失很可以從傳統文化中獲得補足。

但是，前面提到過，文化是生活的、是體驗的、是實踐的。文化在生活中實踐，才能有感情，有禮俗意義，有禮俗意義才能有感情，才能在生活中存續．所以，再造傳統文化最直接有效的方式就是，回到生活的傳統。我們的生活傳統丟失得非常嚴重，但也不是找不回來，只要願意花功夫。譬如說過年、過節怎麼過？基本上現在只剩下吃、喝、玩、樂，可是這些節日本身有非常濃厚的儀式味道，時序到了某一階段就要進行相對應的儀式。同時，這些儀式都富有濃厚的社群色彩，藉此，大家可以接近、溝通、促進感情等等。我指的還不只是已知的節日，還有許多的節日也是可以重新開發的，可以由社區來做，政府也可以從旁鼓勵帶動。但回到傳統不只是重視民俗節慶，也包括回到社區的傳統（比如重新發掘社區內部的文化遺產），以及恢復歷史記憶（包括大傳統的文化傳承）。透過以上各種各樣的方式重建歷史、溫習歷史，以重新建立歷史感，文化才能生根。

而文化的泛政治化與現代性文化中關於文化本質論及國族國家論等觀念，關係密切。從西方十六世紀的「牧民體制」（polic state）經浪漫主義對「民族」的美化，而產生了今天這種國家超越一切的國家（機器）至上主義與文化必須一統化的文化純化主義。但這兩者都經由當代思潮對現代性的徹底重估，而遭到解迷。而前現代的傳統文化因爲沒有過度的民族主義執迷，並且根植於前現代帝國必然的多元種族社會，因此，對於受制於民族國家想像而產生的文化泛政治化現象，也有一定程度的緩解作用。

但傳統文化在當代不可能完全以舊形式繼續存在，它的當代意義必須以當代視角予以「再創發」（re-invent），才可能浮現。傳統文化本來就非常多元，是我們以國族國家的角度把它單一化了，但若沒有當代思潮提供解迷之道，我們也未必能體悟到這一點，所以在強調重估傳統文化的同時，我們也不能忘記接受外來文化刺激的重要性，但有傳統爲本的對外開啓，意義上自然會不一樣；有文化自信，自然會選擇性的接受。但從政策的角度思考，則對外的吸收必須要全方位，要多元，面對外來文化時不但不能太小眼、求功利，更要對陌生的文化多下功夫。

最後，我們談了這麼多文化的策略面，但最終的目標是什麼？在現代性的思考中，文化是富國強兵的附庸，是征服自然的幫凶，因此，這個世界才有壓迫、貧困，以至各種自然與人爲的災難。已進入二十一世紀的我們，經過了十九，二十兩個世紀末對現代性的反省之後，應該已經了解到人在宇宙間的適切位置，以及人與人之間的恰當分際。那麼，新世紀的文化就應該是給予的、無私的、與他人及宇宙都能共存共榮的。文化發展能明確朝這樣的目標走去，才是你我之福、全球之福。

INK publishing

作　　者　廖咸浩
發 行 人　張書銘
社　　長　初安民

責任編輯　黃筱威
校　　對　吳美滿、黃筱威、廖咸浩
出　　版　INK印刻出版有限公司
台北縣中和市中正路800號13樓之3
電話：02-22281626
傳真：02-22281598
e-mail：ink.book@msa.hinet.net
法律顧問　漢全國際法律事務所
林春金律師

總 經 銷　成陽出版股份有限公司
訂購電話：02-26688242
訂購傳真：02-26688743
http：//www.sudu.cc
郵政劃撥　19000691　成陽出版股份有限公司
印　　刷　海王印刷事業股份有限公司

出版日期　2003年3月　初版
定　　價　220元

ISBN 986-7810-41-4

國家圖書館出版品預行編目資料

美麗新世紀／廖咸浩著.--初版，
--臺北縣中和市：
INK印刻，2003〔民92〕
面；　公分
ISBN　986-7810-41-4（平裝）

078　　91004169

INK INK INK INK INK INK INK
NK INK INK INK INK INK INK
INK INK INK INK INK INK INK
NK INK INK INK INK INK INK
INK INK INK INK INK INK INK
NK INK INK INK INK INK INK
INK INK INK INK INK INK INK
NK INK INK INK INK INK INK
INK INK INK INK INK INK INK
NK INK INK INK INK INK INK
INK INK INK INK INK INK INK
NK INK INK INK INK INK INK
INK INK INK INK INK INK INK
NK INK INK INK INK INK INK
INK INK INK INK INK INK INK
NK INK INK INK INK INK INK
INK INK INK INK INK INK INK
NK INK INK INK INK INK INK
INK INK INK INK INK INK INK
NK INK INK INK INK INK INK
INK INK INK INK INK INK INK
NK INK INK INK INK INK INK
INK INK INK INK INK INK INK
NK INK INK INK INK INK INK
INK INK INK INK INK INK INK
NK INK INK INK INK INK INK
INK INK INK INK INK INK INK

K INK INK INK INK INK INK I
INK INK INK INK INK INK INK
K INK INK INK INK INK INK I
INK INK INK INK INK INK INK
K INK INK INK INK INK INK I
INK INK INK INK INK INK INK
K INK INK INK INK INK INK I
INK INK INK INK INK INK INK
K INK INK INK INK INK INK I
INK INK INK INK INK INK INK
K INK INK INK INK INK INK I
INK INK INK INK INK INK INK
K INK INK INK INK INK INK I
INK INK INK INK INK INK INK
K INK INK INK INK INK INK I
INK INK INK INK INK INK INK
K INK INK INK INK INK INK I
INK INK INK INK INK INK INK
K INK INK INK INK INK INK I
INK INK INK INK INK INK INK
K INK INK INK INK INK INK I
INK INK INK INK INK INK INK
K INK INK INK INK INK INK I
INK INK INK INK INK INK INK
K INK INK INK INK INK INK I
INK INK INK INK INK INK INK
K INK INK INK INK INK INK I